WIEN

SPAZIERGÄNGE DURCH EINE SCHÖNE STADT

ERNST HAUSNER

EDITION WIEN

Neben der Erstellung von Bild und Text erfolgten auch
Entwurf, Einrichtung, graphische Gestaltung sowie Planung und Betreuung
der technischen Herstellung des Werkes durch den Autor.

Der Text zu diesem Werk wurde mit einem IBM Personal System/2 erfaßt.
Nach einer auf diesem erstellten Diskette erfolgte die Herstellung des Satzes
über eine professionelle Lichtsatzeinrichtung.

Reproduktion: Reproform, Offset- und Tiefdruckrepros Ges. m. b. H., Wien
Druck: Paul Gerin, Wien
Bindung: Gerald Frauenberger, Neudörfl
Schrift: Bodoni, in den Graden 11 und 9 Punkt
Papier: 150 g Magnomatt der Leykam-Mürztaler Papier- und Zellstoff-AG, Gratkorn.

ISBN 3-224-16021-7

93031/50/1

HISTORISCHES

Die Stadt (seit 1922 das Bundesland) Wien
bedeckt eine Fläche von 414,95 Quadratkilometern,
das sind 0,5 Prozent des österreichischen Bundesgebietes.
Sie hat 1,539.848 Einwohner,
das sind 20 Prozent der Bevölkerung Österreichs
und 24 Prozent aller Beschäftigten.
Der Anteil am Bruttonationalprodukt beträgt 30 Prozent.
In Wien bestehen 26 Prozent der Wohnungen Österreichs.
Das Stadtgebiet ist in dreiundzwanzig Bezirke geteilt:
I. Innere Stadt, II. Leopoldstadt,
III. Landstraße, IV. Wieden, V. Margareten,
VI. Mariahilf, VII. Neubau, VIII. Josefstadt,
IX. Alsergrund, X. Favoriten, XI. Simmering,
XII. Meidling, XIII. Hietzing, XIV. Penzing,
XV. Rudolfsheim-Fünfhaus, XVI. Ottakring,
XVII. Hernals, XVIII. Währing, XIX. Döbling,
XX. Brigittenau, XXI. Floridsdorf, XXII. Donaustadt,
und XXIII. Liesing.
Wien ist Bundeshauptstadt der Republik Österreich
und Sitz des Nationalrates, des Bundesrates,
des Bundespräsidenten, der Bundesregierung,
der Höchstgerichte und der höchsten
Verwaltungsorgane des Bundes.
Als Land und Stadt ist Wien auch Sitz des Landtages, Gemeinderates,
der Landesregierung und des Magistrats von Wien und
des Landtags, der Landesregierung und der Landesbehörden
des Bundeslandes Niederösterreich
(bis zur Fertigstellung des Regierungsviertels
in dessen neuer Hauptstadt St. Pölten).
Die Stadtterrasse hat eine Seehöhe von 170 Metern,
am Hermannskogel liegt mit 542 Metern Seehöhe
der höchste, im Augebiet der Lobau mit 151 Metern
der tiefste Punkt im Stadtgebiet Wiens.
Im Übergangsklima Wiens mischen sich die
niederschlagsreichen kühlen Sommer
und milden Winter unter ozeanischem und die
niederschlagsarmen heißen Sommer und kalten Winter
unter kontinentalem Einfluß.

Vorgeschichtliche Funde aus Wien. Jungsteinzeit, Bronze- und Eisenzeit. Historisches Museum.

Funde aus der Römerzeit. Kopf des Herakles. Bronzestatuette des Merkur. Historisches Museum.

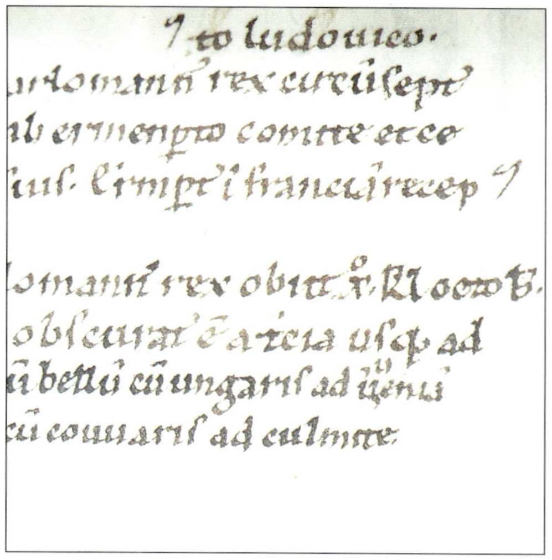

Erste Nennung Wiens (vorletzte Zeile, rechts). Salzburger Annalen, 881. Stiftsarchiv Admont.

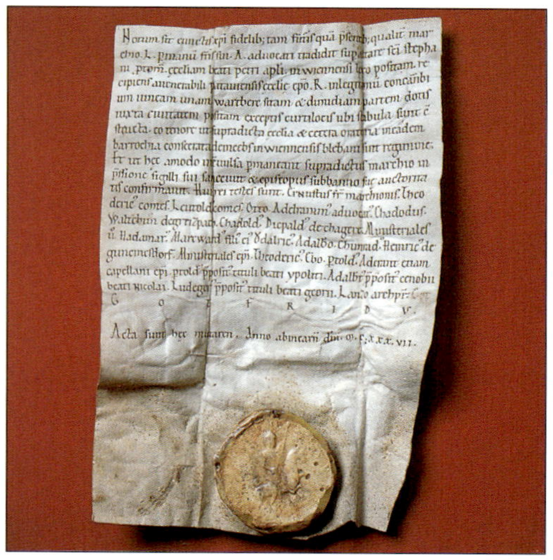

Erstmalige Bezeichnung Wiens als „civitas". Tauschvertrag von Mautern, 1137. Staatsarchiv München.

Durch die Lage Wiens an der Einbruchstelle zwischen dem Alpen- und Karpatenbogen öffneten sich der Stadt günstige Verkehrswege: bereits in prähistorischer Zeit wurde die Nord-Süd-Verbindung („Bernsteinstraße") von der Ostsee zur Adria genützt und neben wie auf der Donau eine ebenso wichtige West-Ost-Verbindung.

Auch in strategischer Hinsicht war die Lage Wiens für die Beherrschung der umliegenden Großräume günstig. Dieses Gebiet war daher seit jeher umkämpft. Die Besiedlung des Raums um Wien fand in der Jungsteinzeit (ca. 6000 bis 2300 v. Chr.) statt. Im vierten Jahrtausend v. Chr. bestand hier eine Dorfkultur. Gegen Ende der Bronzezeit (spätere Bronzezeit 2300 bis 750 v. Chr.) und Hallstattperiode (750 bis 450 v. Chr.) wanderten eisenzeitliche Stämme, später Kelten (um 450 bis 15 v. Chr., jüngere Eisenzeit, La Tène-Zeit) ein.

Keltische Siedlungen im Stadtgebiet Wiens bestanden am Leopoldsberg, am Bisamberg und in Leopoldau. Die mit den Ureinwohnern verschmolzenen Kelten (Siedlungszentrum etwa im Gebiet zwischen dem dritten und elften Gemeindebezirk) trieben regen Handel, vor allem mit dem Römischen Reich südlich der Alpen. Ihre Kultur war bereits römisch beeinflußt, als Tiberius 15 v. Chr. das Alpenvorland besetzte und die keltische Provinz Noricum, mit dem Wiener Raum, zu einem Teil der römischen Provinz Pannonien machte. Die Donau war Handels- und Verwaltungsgrenze (Limes). Wien wurde römische Garnison (Vindobona, 100 n. Chr.). Das Standlager befand sich im Geviert der heutigen Straßenzüge Salzgries, Rotgasse, Kramergasse, Graben, Naglergasse und Tiefer Graben. Ein weitläufiges Verkehrs- und Handelsnetz wurde angelegt, das „municipium" Vindobona, die in der Nachbarschaft der keltischen Siedlung errichtete römische Zivilstadt, zählte 15 000 bis 20 000 Einwohner.

Um 170 durchbrachen Markomannen und Quaden den Donaulimes und zerstörten Vindobona, wurden aber vom römischen Kaiser Marc Aurel besiegt. Er starb 180 in der Stadt. Die Einfälle germanischer Stämme häuften sich, um 500 gaben die Römer die Provinz Pannonien auf.

In der folgenden Völkerwanderungszeit waren Teile des ehemaligen römischen Militärlagers wechselnd von Baiern, Awaren, Franken, Magyaren und Slawen besiedelt. Die Landnahme durch die Baiern erfolgte im 9. Jh. mit der karolingischen Kolonisation, gleichzeitig begann die entscheidende Christianisierung. Sie wurde zwar durch den Sieg der Ungarn über die Baiern bei Preßburg unterbrochen, jedoch nach deren Niederlage auf dem Lechfeld (955) wieder aufgenommen. Der vielleicht älteste christliche Sakralbau Wiens, die Ruprechtskirche, stammt aus dieser Zeit.

Eine der Kolonisatorenfamilien war das fränkische Markgrafengeschlecht der Babenberger (976 bis 1246). Um 1135 wurden die Babenberger Stadtherren von Wien. 1137 wurde Wien „civitas" (ein geordnetes Gemeinwesen mit Markt und Gerichtsbarkeit) genannt, der frühromanische Bau (durch Brand zerstört) der Stephanskirche entstand.

1156 wurde den Babenbergern die erbliche Herzogswürde und ihrem Herrschaftsbereich weitgehende Selbständigkeit gegenüber dem römisch-deutschen Reich verliehen. Ihre Residenz, zuerst in Klosterneuburg, wurde durch Heinrich II. Jasomirgott (1141 bis 1177) nach Wien verlegt (Platz „Am Hof"). Zwischen 1180 und 1198 erreichte die Stadt mit Mauer und Graben bereits ungefähr die Grenzen der heutigen Innenstadt. Herzog Leopold VI. verlieh ihr 1221 das Stadtrecht. Damit war das Stapelrecht verbunden: die Verpflichtung für fremde Händler, ihre Waren auf zwei Monate in Wien „niederzulegen", womit den Wiener Kaufleuten das Monopol des Zwischenhandels, besonders nach Ungarn, gesichert war. Wien wurde dadurch eine bedeutende Handelsstadt; es wurde auch zum

Römische Straßenkarte, „Peutingeriana", um 370. Detail mit „Vindobona". Kopie. Nationalbibliothek.

Römischer Münzschatz, gefunden im Bereich der Zivilstadt (Rennweg). Historisches Museum.

Romanisches Kruzifix aus der Ruprechtskirche, um 1180. Später Melkerhofkapelle, nun Sift Melk.

Privileg für die flämischen Tuchfärber Wiens, 1208. Älteste Urkunde des Wiener Landesarchivs.

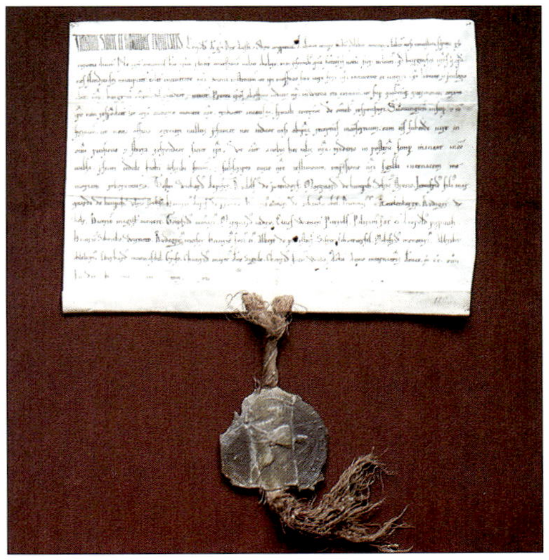

Tod Herzog Friedrichs II., Schlacht an der Leitha, 1246. Babenbergerstammbaum, um 1490.

Ältestes großes Siegel der Wiener Universität, 1365. Geschenk Rudolfs IV. Universitätsarchiv.

Enthauptung ständischer Führer. „Wiener Neustädter Blutgericht“, 1522. Stadtarchiv Wr. Neustadt.

Kardinal Melchior Khlesl, „Vater der Gegenreformation“, Ölgemälde, 1627. Dom- und Diözesanmuseum.

Mittelpunkt höfischer Kultur, des Minnesangs (Walther von der Vogelweide) und des volkstümlichen Liedgesanges (Neidhart von Reuenthal). Aus der Zeit um 1230 stammt das älteste „Sigillum civium Viennensium“, das Stadtsiegel.

Das Geschlecht der Babenberger erlosch 1246 mit dem Tod Herzog Friedrichs II. in der Schlacht an der Leitha gegen die Ungarn. Sein Land, das Herzogtum unter der Enns, kam 1251 an König Ottokar II. von Böhmen. Unter seiner Regentschaft entstanden der zweite romanische Bau der Stephanskirche und der erste Bau der Wiener Burg. Ottokar II. fiel im Krieg (1276 bis 1278) gegen das römisch-deutsche Reich. Der Sieger, der deutsche König Rudolf I. von Habsburg, vergab das Land als Lehen an sein Geschlecht: die Habsburger traten für mehr als 600 Jahre die Herrschaft über Österreich unter der Enns und die Stadt Wien an.

Unter dem Habsburger Herzog Rudolf IV. erfolgten die Gründung der Wiener Universität (1365) und die Grundsteinlegung zum Südturm der Stephanskirche (1359), ebenso Planungen zum Ausbau der neuen Residenz der Habsburger, der „Burg“, die noch im 13. Jh. an der südlichen Stadtmauer erbaut worden war (Schweizer Hof). Der Wohlstand der Stadt beruhte auf dem Handel mit Triest, Venedig und Ungarn.

Habsburgische Erbstreitigkeiten hatten den Niedergang des Landes zur Folge. Friedrich III. (1440 bis 1493, ab 1452 Kaiser) gelang es, nach Auseinandersetzungen mit Herzog Albrecht VI. und der Bürgerschaft, Wien politisch wieder aufzuwerten. Die Patrizier der Stadt ergaben sich 1485 dem ungarischen König Matthias Corvinus, von dem sie sich wirtschaftliche Besserstellung erwarteten. Nach seinem Tod ergab sich Wien 1490 wieder dem Kaiser. Friedrichs Sohn, Maximilian I., wählte aber Innsbruck zur Residenz, das zu den blühenden Handelsstädten Regensburg und Nürnberg günstigere Verkehrsbedingungen bot. Das in der Renaissance wirtschaftlich wie politisch weniger bedeutende Wien erlangte jedoch im Bereich der Wissenschaften und der Künste große Geltung. Die Wiener Universität wurde ein Zentrum des Humanismus (Conrad Celtis, Johannes Cuspinianus).

Kaiser Karl V. betraute seinen Bruder Erzherzog Ferdinand I. mit der Regentschaft in den österreichischen Ländern. Die niederösterreichischen Stände rebellierten, die Anführer der Erhebung wurden 1522 zum Tode verurteilt („Wiener Neustädter Blutgericht“). Ferdinand erließ 1526 eine Stadtordnung, die Wien fast aller Rechte beraubte. Im selben Jahr erbte er mit den Königreichen Böhmen und Ungarn die Aufgabe, die Türken abzuwehren, die schon weite Teile Ungarns beherrschten. 1529 wurde die erste Belagerung Wiens durch die Türken (Sultan Soliman II.) erfolgreich überstanden.

Ferdinand I. wurde 1556 deutscher Kaiser, Wien gewann politisch an Gewicht. Der vom neuen Absolutismus bewirkte Zentralismus begünstigte die politische Entwicklung der Stadt: Sie wurde Sitz der Behörden der neu an Österreich gekommenen Königreiche.

Mit Martin Luthers (1517) Thesenanschlag begann der Siegeszug der Reformation in Mitteleuropa. Auch in Wien wurde die neue Glaubenslehre angenommen (um 1575 waren vier Fünftel der Wiener protestantisch). Die folgende, vom katholischen Kaiserhaus geförderte Gegenreformation siegte jedoch, und viele glaubenstreue Protestanten mußten auswandern.

Der Sieg der Gegenreformation brachte eine weitere Aufwertung der österreichischen Erblande und Wiens (Verlegung der böhmischen Hofkanzlei hierher). Die Burg wurde in der 2. Hälfte des 16. Jh.s erweitert (Stallburg und Amalienburg) und die mittelalterliche Ummauerung Wiens zwischen 1532 und 1560 durch Renaissancebefestigungen ersetzt. Sie blieben bis zur Schleifung im 19. Jh.

Niederschlagsprivileg Albrechts I. für Wien, 1281. Ursache eines Aufstandes 1288. Landesarchiv.

Wappenbrief Kaiser Friedrichs III. für Wien, 1461. Ausschnitt mit Wappenbild. Landesarchiv.

Belagerung Wiens durch die Türken, 1529. Rundplan von N. Meldemann, 1530. Historisches Museum.

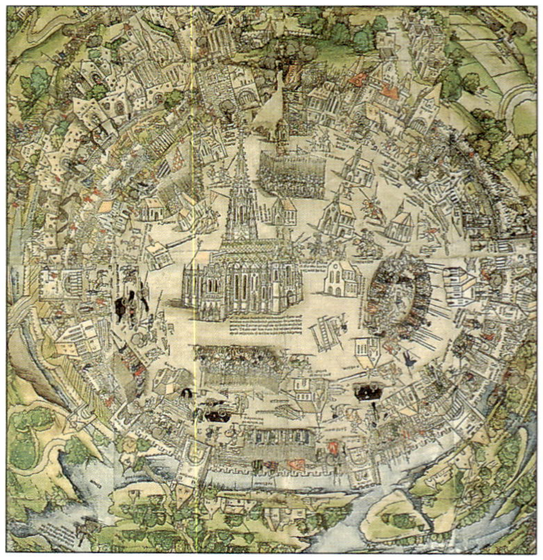

Vogelschau auf das mittelalterliche Wien von Norden (Ausschnitt). Stich von Jacob Hoefnagel, 1609.

Belagerung Wiens, 1683. „Die Entsatzschlacht", zeitgen. Gemälde von F. Geffels. Historisches Museum.

Maria Theresia. Marmorstatue von E. Hellmer, 1902. Vestibül des Haus-, Hof- und Staatsarchivs.

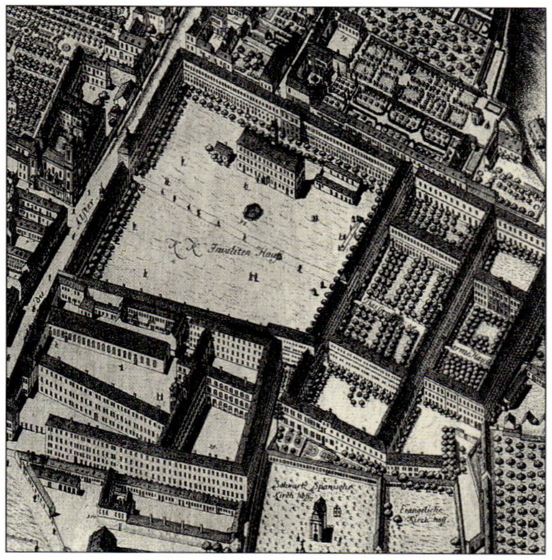

Das Allgemeine Krankenhaus. Joseph Daniel Huber. Vogelschauplan Wiens (Ausschnitt). 1785.

Exemplar der Schlußakte des Wiener Kongresses, Wien, 9. Juni 1815. Haus-, Hof- und Staatsarchiv.

unverändert. 1679 forderte eine Pestepidemie das Leben eines Drittels der Bevölkerung (Bau der Pestsäule auf dem Graben). Zuzug aus den Erblanden und Süddeutschland glich den Bevölkerungsverlust wieder aus.

1683 überstand Wien die zweite Belagerung durch die Türken (Großwesir Kara Mustafa). Gemeinsam mit einem Entsatzheer unter König Sobieski von Polen und Herzog Karl von Lothringen wurde das türkische Heer von den Verteidigern geschlagen. Prinz Eugen von Savoyen gelang es, die Türken auch aus Ungarn zu vertreiben und damit die Bedrohung Wiens endgültig aufzuheben.

Die Folge war rege Bautätigkeit in den durch die Belagerung verwüsteten Vorstädten. In der Innenstadt der „Reichshaupt- und Residenzstadt" wurden ältere Häuser durch Bauten im Stil des Barock ersetzt. Sie prägen das Gesicht Wiens bis heute. Die bedeutendsten Baumeister dieser Zeit waren Johann Lukas von Hildebrandt, Johann Bernhard Fischer von Erlach und sein Sohn Joseph Emanuel. Ihr Wirken ist in vielen der wesentlichen Sehenswürdigkeiten der Stadt manifestiert. Sie errichteten auf den Trümmern der mittelalterlichen Festungsstadt und in den zerstörten Vorstädten eine Stadt der Paläste, Landsitze und Sommerresidenzen des Hochadels. 1704 erfolgte der Bau eines zweiten Verteidigungsgürtels um Wien (Linienwall, an der Stelle des heutigen Gürtels). Die Wirtschaft prosperierte – der Merkantilismus hatte mit der Entstehung von Manufakturen den Übergang vom Handel zur Güterproduktion eingeleitet.

Mit Kaiser Karl VI. starb die männliche Linie der Habsburger aus, des Kaisers Tochter, Maria Theresia (1740 bis 1780), war durch die „Pragmatische Sanktion" erbberechtigt. Ihre Anliegen waren die Reorganisation der Verwaltung, Wirtschaft, Armee und Justiz und die Reform des Schulwesens. Sie entzog die Universität durch Verstaatlichung dem Einfluß der Jesuiten.

Ihr Sohn Joseph II. (1780 bis 1790) regierte im Sinne des aufgeklärten Absolutismus. Sein Toleranzpatent gewährte Protestanten und Juden freie Religionsausübung. Zahlreiche humanitäre Anstalten, wie etwa das Allgemeine Krankenhaus, wurden errichtet, Klosteraufhebungen (Papst Pius VI. 1782 in Wien) schufen Raum für weltliche Aufgaben. 1783 wurde eine Magistratsreform durchgeführt. 1790 gab es in Wien bereits 300 Manufakturen, die Bevölkerung war auf 235.000 Einwohner angewachsen, die Baufläche hatte sich seit der zweiten Türkenbelagerung verzehnfacht.

Durch Christoph W. Gluck, Joseph Haydn und Wolfgang A. Mozart erlangte die Musikstadt Wien Weltruf.

Franz II. begründete 1804 unter Verzicht auf die deutsche Kaiserkrone ein österreichisches Kaisertum. 1805 und 1809 wurde Wien von den Truppen Napoleons besetzt. Zwar brachte Erzherzog Carl 1809 bei Aspern Napoleon eine Niederlage bei, kurze Zeit später aber siegten die Franzosen.

Die Folge dieses Krieges waren Inflation und schließlich der österreichische Staatsbankrott. Politisch gewann Wien allerdings in der Phase europäischer Restauration nach den Franzosenkriegen durch den Wiener Kongreß 1814/1815 (Metternich) zentrale Bedeutung. Industrialisierung, Fortschritt der Technik und wichtige Erfindungen konnten die wirtschaftliche Rezession aber nicht aufhalten; Konkurse, Massenarbeitslosigkeit und Wohnungsnot in den Arbeiterbezirken mehrten sich.

Das aufstrebende Bürgertum fand in den Künstlern Beethoven, Schubert, Strauß Vater, Lanner, Grillparzer, Raimund und Nestroy, Waldmüller, Schwind und Alt seine musischen Repräsentanten. Es setzte sich 1848 gemeinsam mit den Studenten und Arbeitern gegen den Absolutismus und die Zensur zur Wehr. Die Wiener März-Revolution und der Oktoberaufstand des Jahres 1848 versuchten die Abschaffung des herrschenden Systems. Erst nach der Beschießung der

Vogelschau auf das befestigte Wien von Westen, 1683/1686. Stich von Folbert v. Alten-Allen.

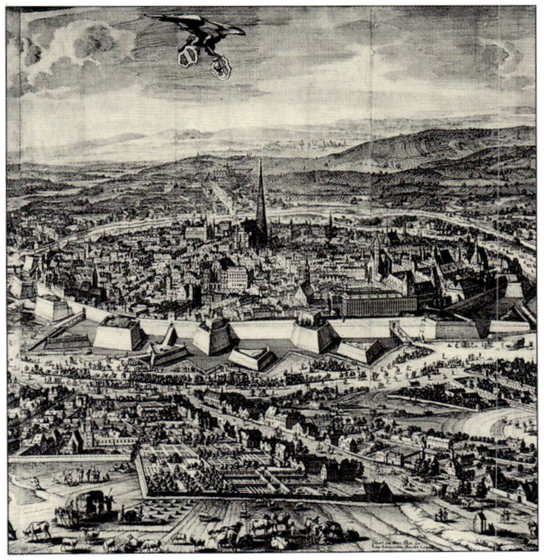

Joseph II., Franz I. Stephan, Maria Theresia, Isabella v. Parma. 1760. Gemälde. Schloß Schönbrunn.

Beschießung Wiens durch die Franzosen, 11. u. 12. Mai 1809. Stich v. P. Piringer. Historisches Museum.

Bewaffnung der Studenten, 13. März 1848. Bürgerliches Zeughaus Am Hof. Heeresgeschichtl. Museum.

Blick auf Wien, 1873. Zeichnung von L. E. Petrovits. Antiquariat Bourcy & Paulusch, Wien.

Anlagen des Städtischen Gaswerks Simmering, erbaut 1896 bis 1899. Photographie. Historisches Museum.

Auto und Uniform des 1914 in Sarajewo getöteten österr. Thronfolgers. Heeresgeschichtliches Museum.

Reumannhof. Für das 1. Wohnbauprogramm Wiens repräsentativer Wohnhof, erbaut 1924 bis 1926.

Stadt durch die kaiserliche Armee wurde der Aufstand niedergeworfen.

Kaiser Franz Joseph I. wurde 1848 im Alter von 18 Jahren Kaiser. Mit fünf Jahren Belagerungszustand und der Errichtung militärischer Anlagen an strategisch wichtigen Punkten (Arsenal, Roßauer Kaserne) versuchten nach 1848 Kaiser und Armee, Wien unter Kontrolle zu halten. Siege in den slawischen, italienischen und ungarischen Reichsteilen sicherten den Bestand der Donaumonarchie und brachten Wien als „Reichshaupt- und Residenzstadt" wirtschaftliche und kulturelle Bedeutung.

Ab 1857 wurden die Basteien geschleift, der Stadtgraben zugeschüttet, bereits 1865 wurde an ihrer Stelle der erste Bauabschnitt einer 4 Kilometer langen und 57 Meter breiten Alleestraße (Ringstraße) eröffnet. An ihr entstanden die Prachtbauten der franzisco-josefinischen Zeit: unter anderen die Oper, die Akademie, die beiden großen Museen, die „Neue Burg", Parlament, Rathaus, Burgtheater und Universität. Das Trinkwasser wurde durch Zuleitung von Wasser aus dem Rax- und Schneeberggebiet verbessert (1. Hochquellenwasserleitung, 1873), die Donau reguliert (1875), die Stadt mit Gas- und Elektrizität versorgt.

Nach einer Zeit des Neoabsolutismus und nach der Niederlage Österreichs im Krieg mit Italien brachte die Gewerbeordnung von 1859 die Gewerbefreiheit und das Februar-Patent von 1861 die Selbstverwaltung durch einen frei gewählten Gemeinderat. Mit der wirtschaftlichen Entwicklung wuchs Wien rasch (1850: 431 000, 1890: 817 000 Einwohner), 1890 wurden die Vororte eingemeindet, 1893 der Linienwall abgetragen und an seiner Stelle ein Verkehrsring („Gürtel") errichtet. Rege Bautätigkeit veränderte das Stadtbild. Das von Otto Wagner stammende Projekt einer Stadtplanung für Wien wurde preisgekrönt (Kaianlagen am Donaukanal, Stadtbahn) – Planungen und Bauwerke Wagners und seiner Schüler sind heute Sehenswürdigkeiten der Stadt.

Die Kunst der Zeit repräsentierten Brahms, Bruckner und Johann Strauß Sohn und die Autoren Hamerling, Saar und Ebner-Eschenbach. Um 1870 bis 1900 erlangte die Wiener medizinische Schule große Bedeutung (Billroth).

1897 wurde Karl Lueger, Führer der Christlichsozialen Partei, Bürgermeister. Er kommunalisierte die Gas- und Stromversorgung und den öffentlichen Verkehr. 1902 wurde die Straßenbahn elektrifiziert, 1905 die letzte Stadterweiterung vor dem Ersten Weltkrieg durchgeführt. Wien zählte 1,87 Millionen Einwohner auf 273 Quadratkilometer Fläche und umfaßte auch Bereiche nördlich der Donau.

Das Kunstschaffen erreichte mit der Jahrhundertwende einen neuen Höhepunkt. Architektur und Malerei waren vom Jugendstil dominiert. Die Literatur der Zeit wurde von den Autoren Arthur Schnitzler, Joseph Roth, Karl Kraus und Robert Musil repräsentiert.

Während des Ersten Weltkrieges, 1914 bis 1918, hatte die Stadt wegen des Flüchtlingsstromes vorübergehend 2,239 Millionen Einwohner.

1916 starb Kaiser Franz Joseph, sein Nachfolger, Karl I., mußte zu Kriegsende abdanken, die Donaumonarchie zerfiel. Am 12. November 1918 wurde die Republik „Deutschösterreich" ausgerufen. Wien wurde Bundeshauptstadt.

Das allgemeine Wahlrecht brachte 1919 den Sozialdemokraten im Wiener Gemeinderat die absolute Mehrheit. Unter dem ersten sozialdemokratischen Bürgermeister, Jakob Reumann (1919 bis 1923), wurden Reformen eingeleitet, die einem neuen Kommunalkonzept entsprachen. Wichtigstes Ziel war die Beseitigung des Wohnungselends. Dieser Aufgabe und anderen Sozialreformen widmeten Bürgermeister Karl Seitz (1923 bis 1934), der Finanzfachmann Hugo Breitner (Einführung der Luxus- und Wohnbausteuer), der Jurist Robert Danneberg (neue Gemeindeverfassung), der Pädagoge Otto Glöckel („Glöckelsche Schulreform") und der

Ringstraße, um 1881. Parlament, Rathaus und Universität in Bau. Photographie. Historisches Museum.

Bau der Stadtbahn und Wienflußregulierung, Gaudenzdorf, 1898. Photographie. Historisches Museum.

Demonstration vor dem Parlament anläßlich der Ausrufung der Republik, 12. November 1918.

Karl-Marx-Hof. Städtischer Großbau, 1.382 Wohnungen, 1930 eröffnet. Luftaufnahme um 1930.

Parade vor Adolf Hitler auf der Ringstraße beim Maria-Theresien-Platz, 15. März 1938. Photographie.

Außenminister Figl mit den Unterzeichnern des Staatsvertrages. Belvedere. 15. Mai 1955.

Blick vom Leopoldsberg. Donau, Entlastungsgerinne und die „UNO-City" mit dem Konferenzzentrum.

Konzert im Rahmen der Veranstaltungsreihe „Musikalischer Sommer". Rathaus, Arkadenhof.

Arzt Julius Tandler (Fürsorge- und Gesundheitswesen) ihre Arbeit. Ihre Ideen und Leistungen fanden Anerkennung und Nachahmung.

1922 wurde Wien Bundesland der Republik Österreich, 1934 bundesunmittelbare Stadt und der neuen, autoritären christlichsozialen Regierung unterstellt. Dem waren im Februar 1934 Bürgerkriegskämpfe und das Verbot der Sozialdemokratischen Partei vorangegangen.

Am 12. März 1938 marschierten Truppen des nationalsozialistischen Deutschen Reiches in Österreich ein. Der deutsche Reichskanzler Adolf Hitler verkündete drei Tage später in Wien den „Anschluß" Österreichs an das Deutsche Reich. Durch die Einbeziehung niederösterreichischer Gemeinden in das Stadtgebiet entstand „Groß-Wien", das als „Reichsgau" unmittelbar Berlin unterstellt wurde.

Ende des Zweiten Weltkrieges (1939 bis 8. Mai 1945), am 13. April 1945, wurde Wien von den Truppen der Roten Armee erobert. Der Sozialdemokrat Theodor Körner wurde provisorisch zum Bürgermeister ernannt, die Stadt am 1. September 1945 von den alliierten Großmächten (USA, Großbritannien, Frankreich, Sowjetunion) in vier Besatzungszonen geteilt. 21 Prozent der Bauten waren teilweise oder ganz zerstört, darunter auch der Stephansdom und die Staatsoper. Nur noch 1,344 Millionen Menschen waren in der Stadt geblieben.

Nach der Unterzeichnung des österreichischen Staatsvertrages am 15. Mai 1955 zogen bis Jahresende die Truppen der Alliierten aus Österreich ab. Von den 97 Randgemeinden, die 1938 zum Reichsgau Wien gekommen waren, wurden 80 im Jahre 1954 nach Niederösterreich rückgegliedert. Die Bundeshauptstadt (gleichzeitig Bundesland) ist heute 414 km² groß und hat 1,533.000 Einwohner.

Die Bautätigkeit in den Nachkriegsjahren war zuerst auf den „Wiederaufbau" ausgerichtet. Ab Mitte der 60er Jahre werden zunehmend politische, soziale und kulturelle Ansprüche erfüllt. Beispiele hiefür sind die „UNO-City" mit dem angeschlossenen Konferenzzentrum (Vienna International Centre, Austria Center), das Donau-Entlastungsgerinne (Hochwasserschutz) und das damit geschaffene Erholungsgebiet „Donauinsel". Neben diesen Aufgaben wurde in den vergangenen Jahrzehnten auf dem Gebiet der Revitalisierung, Renovierung und Pflege wertvoller Bausubstanzen Wesentliches zur Erhaltung des historischen Wiener Stadtbildes geleistet.

Eine weitere Entwicklung innerhalb der Stadt ist die sich langsam bildende Form der sozialen Adhäsion und Kommunikation in überschaubaren „Vierteln". Dieser Tendenz folgend, werden im Rahmen der Wiener Festwochen neben den Veranstaltungen der Hochkultur viele lokale Feste von den Bürgern selbst organisiert. Dieses neue Bürgerbewußtsein verbindet sich mit der natürlich gewachsenen und aus dem Selbverständnis der ehemaligen Hauptstadt eines Vielvölkerstaates gespeisten Aufgeschlossenheit der Weltstadt Wien. Sie zeigt sich in Verwaltung, Einrichtungen des Fremdenverkehrs, Gastronomie und Wirtschaft, am Interesse an internationalen Organisationen (Atombehörde, UNIDO, Internationales Suchtstoff-Kontrollamt INCB, OPEC) und an internationalen Konferenzen jeglicher Ziel- und Fachrichtung. Die Bauwerke mit Büros und Repräsentationsräumen und die intakte Infrastruktur werden von der internationalen Polit- und Tourismusszene honoriert.

Neue Bedeutung auf wirtschaftlichem und kulturellem Gebiet gewinnt Wien durch die Veränderungen der politischen und ökonomischen Verhältnisse in Osteuropa auf Grund seiner traditionellen Verbindungen und seiner geographischen Lage „im Herzen" des Kontinents. Die fast ein halbes Jahrhundert währende Lage der Stadt in der Berührungszone der gegensätzlichen Weltanschauungen des Westens und Ostens erweist sich als Voraussetzung für eine vielversprechende Entwicklung in der Zukunft.

Stephansdom, April 1945. Dach und Nordturm durch Kriegsereignisse in Brand. Photographie.

Sitzungssaal des Wiener Gemeinderates beziehungsweise des Wiener Landtages. Rathaus.

Denkmalpflege, Altstadterhaltung und Revitalisierung am Beispiel der Kurrentgasse. Innere Stadt.

Fußgängerzone, Stock-im-Eisen-Platz, Stephansplatz und Graben, „Haas-Haus", Innere Stadt.

DIE ALTE STADT

2 · Schulhof. Palais Collalto (links), Bürgerhäuser, Palais Obizzi (Uhrenmuseum, rechts).

3 · Schönlaterngasse. Basiliskenhaus (links), Haus zur schönen Laterne (rechts).

4 · Grünangergasse. Tor zum Neuberger Hof (links), Palais Fürstenberg (rechts).

5 · Blutgasse, zwischen Singerstraße (vorne) und Domgasse.

6 · Schreyvogelgasse. „Dreimäderlhaus“, klassizistisches Bürgerhaus.

7 · Domgasse, zwischen Blutgasse und Grünangergasse. Blick zum Neuberger Hof.

8 · Palais Obizzi (Uhrenmuseum), zwischen Schulhof (links) und Kurrentgasse.

9 · Kurrentgasse. Blick von der Steindlgasse zum Judenplatz.

10 · Mölkerbastei. Blick gegen Liebenberg-Denkmal (rechts). Ringstraße und Rathauspark.

11 · Irisgasse. Blick gegen die historische Häuserzeile der Naglergasse.

14 · Mölkersteig. Weg zur Mölkerbastei, als Erhebung erhaltener Teil der Stadtbefestigung.

12 · Innenhof, Blutgassenviertel.

13 · Jesuitengasse. Altes Universitätsviertel.

15 · Ruprechtskirche. Älteste Kirche Wiens.

16 · Mölkerbastei, Altstadtensemble.

17 · Hafnersteig. Stiege zur Griechengasse und zum Fleischmarkt.

18 · Griechengasse. Blick von der Rotenturmstraße zum Hafnersteig.

19 · Ballgasse. Blick gegen die Blumenstockgasse.

20 · Am Gestade. Altstadtensemble. Stiegenanlage zur Kirche Maria Am Gestade.

21 · Blick vom Südturm des Stephansdomes (Türmerstube). Linke Seite, Bildmitte: die Nationalbibliothek, dahinter Teile der Neuen Burg und die Kuppeln des Kunst- und Naturhistorischen Museums. Rechte Seite,

Bildmitte: die Kuppeln des Michaelertraktes der Hofburg, der Turm der Michaelerkirche, dahinter das Parlament.

22 · Stephansplatz. Das romanische Riesentor im Westwerk des Stephansdomes.

23 · Blick über den Kohlmarkt zur Kuppel des Michaelertraktes der Hofburg.

26 · Haarhof. Blick zur Naglergasse, Palais Palffy (links), Palais Esterházy (rechts).

24 · Barockes Bürgerhaus, Sonnenfelsgasse.

25 · Lichthof. Wohnhaus, Bräunerstraße.

27 · Stiegenhaus. Wohnhaus, Bräunerstraße.

28 · Franziskanerplatz, Moses-Brunnen.

29 · Josefsplatz. Kaiser-Joseph-Denkmal (Joseph II.) und Nationalbibliothek (Teilansicht).

30 · Neuer Markt. Donnerbrunnen. Evangelische Kirche H.B., Dorotheergasse (links).

31 · Michaelerplatz. Michaelertrakt der Hofburg, Wandbr unnen „Macht zur See“.

32 · Freyung. Schottenkirche, Austria-Brunnen und „Schubladkastenhaus“.

33 · Stock-im-Eisen-Platz (vorne), Stephansplatz und Stephanskirche. Haas-Haus (links).

34 · Graben. Blick vom Stock-im-Eisen-Platz zum Kohlmarkt. Leopolds-Brunnen, Pestsäule.

35 · Graben. Blick vom Kohlmarkt zum Stock-im-Eisen-Platz. Josephs-Brunnen, Pestsäule.

36 · Kohlmarkt. Blick von der Tuchlauben zum Michaelertrakt der Hofburg.

37 · Kärntner Straße. Blick von der Höhe Kupferschmiedgasse zum Opernring.

38 · Blick vom Parlament auf Amalienburg, Michaelerkuppel, Michaelerkirche und Stephansdom.

39 · Blick vom Schottentor auf Schottenkirche, Peterskirche und Stephansdom.

40 · Blick vom Platz Am Hof auf Zeughaus (ganz links), Palais Collalto und Stephansdom.

41 · Blick vom Kohlmarkt auf Peterskirche und Stephansdom.

IN DER MITTE DES REICHS

2 · Volksgarten. Blick über den Volksgarten-Brunnen zum Parlament.

3 · Erzherzog Karl-Denkmal. Blick vom Burgring zum Leopoldinischen Trakt der Hofburg.

4 · Volksgarten. Blick auf das Mittelrisalit der Neuen Burg.

5 · Volksgarten. Blick über den Volksgartenbrunnen zum Burgtheater.

6 · Bronzestatue Kaiser Franz Josephs I., Burggarten.

7 · Naturhistorisches Museum. Plastischer Figurenschmuck am und vor dem Mittelrisalit.

8 · Burggarten. Blick von der Augustinerbastei.

9 · Volksgarten. Kaiserin Elisabeth-Denkmal, dahinter das Burgtheater.

10 · Platz In der Burg. Denkmal Kaiser Franz' I., Amalienburg (Teilansicht).

11 · Neue Burg. Treppenhaus im dem Heldenplatz zugewandten konkaven Mittelteil.

12 · Schweizertor, im ältesten Teil der Burg.

13 · Denkmal Prinz Eugens. Heldenplatz.

14 · Michaelerplatz. Michaelertrakt, Michaelertor und Michaelerkuppel der Hofburg.

15 · Schweizerhof. Ältester Teil der Burg.

16 · Burghof. Denkmal Franz' I., Reichskanzleitrakt.

17 · Elisabeth-Appartement. Hofburg, Schauräume in der Amalienburg.

18 · Hoftafel (Speisesaal). Hofburg, Schauräume in der Amalienburg.

19 · Arbeitszimmer Kaiser Franz Josephs I. Hofburg, Schauräume im Reichskanzleitrakt.

20 · Alexander-Appartement, Roter Salon. Hofburg, Schauräume in der Amalienburg.

21 · Blick über den Volksgarten und den Heldenplatz zur Neuen Burg. Links vorne der Theseustempel, vor dem Mittelrisalit der Hofburg die Denkmäler Prinz Eugens und Erzherzog Carls, rechts dahinter das Schloß

Belvedere und die Karlskirche, ganz rechts das Äußere Burgtor.

22 · Reichskrone, Kaiserkrone des Heiligen Römischen Reiches. Hofburg, Schatzkammer.

23 · Österreichische Kaiserkrone (Rudolf II.), Reichsapfel und Szepter. Hofburg, Schatzkammer.

26 · Stephansbursa. Hofburg, Schatzkammer.

24 · Meßornat. Hofburg, Schatzkammer.

25 · Reichskreuz. Hofburg, Schatzkammer.

27 · Goldenes Vlies. Kette. Schatzkammer.

28 · Habsburgerstammbaum. Neue Burg.

29 · Winterreitschule, Hofburg. Vorführung der Spanischen Hofreitschule.

30 · Michaelerplatz. Michaelertrakt und Michaelertor der Hofburg. Blick vom Loos-Haus.

31 · Kapuzinergruft. Sarkophag Maria Theresias und Franz Stephans. Kupfersarg Josephs II.

32 · Innenhof der Stallburg. Hofburg. Stallungen der Spanischen Hofreitschule.

33 · Rathauspark, Ringstraße, Volksgarten, Heldenplatz und Neue Burg.

34 · Rathauspark, Ringstraße, Volksgarten, Heldenplatz und Neue Burg.

35 · Volksgarten, Grillparzer-Denkmal, Natur- und Kunsthistorisches Museum.

36 · Maria-Theresien-Denkmal, Teilansicht. Naturhistorisches Museum.

37 · Maria-Theresien-Platz, Maria-Theresien-Denkmal und Kunsthistorisches Museum.

38 · Kunsthistorisches Museum. Plastischer Figurenschmuck am und vor dem Mittelrisalit.

39 · Kaiser-Josephs-Denkmal, Fassadenteil der Nationalbibliothek. Josefsplatz.

40 · Hofburg, Michaelertrakt. Auslagenspiegelung in der Herrengasse.

41 · Ausstellungsglashaus und Gewächshaus. Burggarten. Abschluß zur Augustinerbastei.

ZUR EHRE GOTTES

2 · Piaristenkirche. Gewölbe. Deckenfresken von Franz Anton Maulbertsch.

3 · Peterskirche. Kuppelraum. Kuppelfresko von Michael Rottmayr.

4 · Piaristenkirche. Fassade zum Jodok-Fink-Platz. Mariensäule (Pestsäule).

5 · Michaelerkirche. Chor. Hochaltar und Stuckrelief der Choreinwölbung („Engelsturz“).

6 · Dominikanerkirche. Stuck und Malerei am Gewölbe des Kirchenschiffes.

7 · Universitätskirche (Jesuitenkirche). Fresken (Scheinkuppel) am Gewölbe des Kirchenschiffes.

8 · Votivkirche. Dekorative Malerei am Vierungs-, Lang- und Querhausgewölbe.

9 · Universitätskirche, Aula der Alten Universität (links), Ignaz-Seipel-Platz.

10 · Votivkirche, Rückseite. Strebepfeiler, Strebebogen und Fialen des Chores.

11 · Stephansdom. Bündelpfeiler zwischen Haupt- und rechtem Seitenschiff.

14 · Maria am Gestade. Westfassade. Hauptportal mit steinernem Baldachin.

12 · Stephansdom. „Wiener Neustädter-Altar".

13 · Stephansdom. Riesentor, Detail.

15 · Stephansdom. Kanzelkorb (Pilgram).

16 · Stephansdom. Hochgrab Friedrichs III.

17 · Stephansdom. Gewölbe des Hauptschiffes und des linken Seitenschiffes.

18 · Stephandom. Schutzmantelmadonna an einem Pfeiler des Mittelschiffes.

19 · Stephansdom. linkes Seitenschiff. Orgelfuß (A. Pilgram). Statue des hl. Sebastian.

20 · Stephansdom. Gewölbe des Mittelschiffes und der Seitenschiffe. Blick zum Chor.

21 · Stephansdom. Bündelpfeiler und Netzrippeneinwölbung des dreischiffigen Langhauses.

22 · Stephansplatz. Nordturm des Domes. Gebäude der Dombauhütte, Fiakerstandplatz.

23 · Wotruba-Kirche. Nach Ideen des Bildhauers Fritz Wotruba, St. Georgen-Berg, Mauer.

26 · Freyung. Schottenkirche. „Schubladkastenhaus" und Austria-Brunnen. Christkindlmarkt.

24 · Russisch-orthodoxe Kirche.

25 · Bekrönung der Pestsäule am Graben.

27 · Nischenfigur. Mariahilfer Kirche.

28 · Fassadenschmuck. Karmeliterkirche.

29 · Kirche Am Steinhof. Anstaltskirche innerhalb des Pavillionsystems der Heilanstalt.

30 · Kirche Am Steinhof. Kuppel des zentralen, symmetrischen Innenraums.

31 · Synagoge. Haus der Israelitischen Kultusgemeinde. Seitenstettengasse.

32 · Griechische (nichtunierte) Kirche, Innenraum. Fleischmarkt.

33 · Salesianerinnenkirche. Portal und Schmiedeeisentor zum Vorplatz.

34 · Karlskirche, ovaler Kuppelraum. Fresken von Michael Rottmayr.

35 · Servitenkirche. Ovaler Kuppelraum. Stuck und Fresken.

36 · Kirche Am Hof (Alte Jesuitenkirche). Mariensäule und Platz Am Hof.

37 · Karlskirche.

38 · Altlerchenfelder Kirche. Vierungskuppel.

39 · Dominikanerkirche. Vierungskuppel.

40 · Luegerkirche (Zentralfriedhof). Kuppelraum.

41 · Maria vom Siege (Fünfhauser Kirche). Kuppelraum.

MACHT UND HERRLICHKEIT

2 · Palais Lobkowitz. Festsaal (Eroica-Saal), Deckenmalerei: Allegorien der Künste.

3 · Gartenpalais Liechtenstein (Roßau). Großer Saal, Deckenfresko.

4 · Palais Lobkowitz. Treppenhaus, Stuck und Freskenschmuck.

5 · Stadtpalais Liechtenstein (Bankgasse), Treppenhaus.

6 · Aula der Alten Universität. Festsaal, Deckenfresko: Allegorien der vier Fakultäten.

7 · Palais Kinsky. Ovaler Hauptsaal, allegorisches Deckenfresko.

8 · Palais Kinsky. Treppenhaus, figuraler Schmuck und Deckenfresko.

9 · Winterpalais des Prinzen Eugen. Treppenhaus, Atlanten.

10 · Schloß Schönbrunn. Schloßpark. Gartenanlage vor dem Palmenhaus.

11 · Schloß Schönbrunn. Appartements im Erdgeschoß. Wand- und Deckenmalerei (Bergl).

14 · Schloß Schönbrunn. Schloßpark. Najaden-Brunnen. Blick zum Schloß.

12 · Schloß Schönbrunn. Gloriette.

13 · Schloß Schönbrunn. Schloßtheater.

15 · Schloß Schönbrunn. Tiergarten.

16 · Schloß Schönbrunn. Vogelhaus.

17 · Schloß Schönbrunn, Hauptgeschoß. Große Galerie, Festsaal und Wartesaal (Audienzen).

18 · Schloß Schönbrunn, Hauptgeschoß. Millionen-Zimmer, Indopersische Miniaturen.

19 · Schloß Schönbrunn, Hauptgeschoß. Vieux-laque-Zimmer, eingelassene Familienbilder.

20 · Schloß Schönbrunn, Hauptgeschoß. Zeremoniensaal, Darstellungen der Hochzeit Josephs II.

21 · Schloß Schönbrunn, Gartenseite. Blick über das Große Parterre des Schloßparks.

22 · Palais Trautson (Palais der Ungarischen Garde), Mittelrisalit und Portal.

23 · Oberes Belvedere, Marmorsaal, Deckenfresko: Allegorie des Ruhmes.

26 · Winterpalais des Prinzen Eugen, Goldkabinett.

24 · Park des Belvedere, Gartenplastik.

25 · Park des Belvedere, Torbau.

27 · Böhmische Hofkanzlei, Portalplastik.

28 · Palais Neupauer-Breuner, Portalplastik.

29 · Unteres Belvedere. Groteskensaal.

30 · Portal zum Unteren Belvedere. Unteres Belvedere. Park und Oberes Belvedere.

31 · Park des Belvedere. Blick über die Kaskade zum Oberen Belvedere.

32 · Unteres Belvedere. Marmorsaal. Deckenfresko: Apotheose des Prinzen Eugen; Donnerbrunnen.

33 · Palais Schwarzenberg, Galerie.

34 · Palais Harrach. Galerie, Deckenmalerei.

35 · Alte Favorita (Theresianum), Prunkzimmer.

36 · Palais Rasumovsky, Großer Saal.

37 · Palais Pallavicini, Festsaal.

38 · Blick über den Großen Teich auf das Obere Belvedere, Sommer.

39 · Blick über den Großen Teich auf das Obere Belvedere, Vorfrühling.

40 · Blick über den Großen Teich auf das Obere Belvedere, Winter.

41 · Blick über den Großen Teich auf das Obere Belvedere, Herbst.

PRACHT UND REICHTUM

2 · Börse, Treppenhaus.

3 · Palais Ferstel (früher Gebäude der Österreichisch-ungarischen Bank), Saal.

4 · Justizpalast, Zentralhalle und Freitreppe.

5 · Parlament, Säulenhalle (Eingangshalle) des Mittelbaues.

6 · Neue Universität. Decke des Festsaales.

7 · Museum für angewandte Kunst. Treppenhaus.

8 · Arsenal. Heeresgeschichtliches Museum. Ruhmeshalle (Kuppelraum).

9 · Kunsthistorisches Museum. Treppenhaus.

10 · Regierungsgebäude (ehemaliges Kriegsministerium), Denkmal Feldmarschall Radetzkys.

11 · Kursalon, Stadtpark.

14 · Die Ringstraße beim Stadtpark (links). Blick zum Schwarzenbergplatz. Karlskirche.

12 · Mozart-Denkmal, Burggarten.

13 · Staatsoper, Hauptfront, Pegasusfigur.

15 · Johann-Strauß-Denkmal, Stadtpark.

16 · Pallas-Athene-Brunnen (Rückseite), Parlament.

17 · Statuen und Quadriga an der Attika des Parlamentes. Blick zum Rathaus.

18 · Parlament. Säulenportikus. Statue der Pallas Athene, vom Volksgarten aus.

19 · Parlament. Sitzungssaal der Bundesversammlung (bis 1918 des Abgeordnetenhauses).

20 · Blick vom Parlament. Volksgarten. Hofburg. Stephanskirche und Michaelerkirche.

21 · Nationalbibliothek (ehemalige Hofbibliothek), Großer Saal. Kuppelraum und südlicher Längsraum.

XLVI

22 · Rathaus, Sitzungssaal des Gemeinderates.

23 · Blick über Ringstraße, Parlament und Rathauspark zum Rathaus.

26 · Schottenstift, Bibliothek.

24 · Rathaus, Rathausplatz.

25 · Burgtheater, Bacchus-Fries, Detail.

27 · Rathaus, Fassade, Teilansicht.

28 · Burgtheater, Blick zum Stephansdom.

29 · Rathaus, Rathausplatz, Christkindlmarkt.

30 · Rathauspark, Springbrunnen.

31 · Josephinum (ehemalige medizinisch-chirurgische Militärakademie).

32 · Burgtheater, nördliches Treppenhaus.

33 · Staatsoper, Treppenhaus.

34 · Mölkerbastei. Liebenberg-Denkmal, Mittelrisalit der Universität.

35 · Akademie der bildenden Künste, Schiller-Denkmal.

36 · Rathaus, Treppenhaus zum Festsaal (Feststiege I).

37 · Großer Musikvereinssaal, Neujahrskonzert.

38 · Musikvereinsgebäude, Decke im Großen Musikvereinssaal, Teilansicht.

39 · Kunsthistorisches Museum, Decke im Treppenhaus.

40 · Burgtheater, Decke der nördlichen Feststiege, Teilansicht.

41 · Akademie der bildenden Künste, Decke des großen Mittelsaales, Teilansicht.

HAUS, HOF, HAB UND GUT

2 · Klassizistische Bürgerhausfassade, Annagasse, Innenstadt.

3 · Innenhof. Biedermeierhaus, Schloßgasse, Margareten.

4 · Innenhöfe. Wohnhaus aus der Gründerzeit („Durchhaus"), Neustiftgasse, Neubau.

5 · Innenhof. Biedermeierhaus, Neudeggergasse, Josefstadt.

6 · Innenhof. Biedermeierhaus, Karmelitergasse, Leopoldstadt.

7 · Barockes Bürgerhaus. Ulrichsplatz, Neubau.

8 · Innenhof. Wohnhaus aus der Gründerzeit, Kettenbrückengasse, Margareten.

9 · Innenhof. Wohnhaus aus der Gründerzeit („Durchhaus"), Burggasse, Neubau.

10 · Auktionshaus Dorotheum, Kunstpalais. Dorotheergasse, Innenstadt.

11 · Strudelhofstiege. Liechtensteinstraße, Roßau.

14 · Fillgraderstiege. Fillgradergasse, Mariahilf.

12 · Karl-Borromäus-Brunnen. Landstraße.

13 · Konditorei Demel. Kohlmarkt, Innenstadt.

15 · Café Landtmann. Lueger-Ring, Innenstadt.

16 · Brunnen. Savoyisches Damenstift.

17 · Konzerthaus, Großer Saal.

18 · Opernball. Staatsoper, Zuschauerraum.

19 · Café Central. Palais Ferstel, Herrengasse.

20 · Theater in der Josefstadt, Zuschauerraum.

21 · Blick über die Innenstadt gegen Süden. Von links, in halber Bildhöhe: Karlskirche, Stephansdom, Turm der Augustinerkirche, Dach und Kuppel der Nationalbibliothek, Kuppel der Peterskirche, Kuppel des

Kunsthistorischen Museums, Turm der Michaelerkirche, Michaelerkuppel, Kuppel des Naturhistorischen Museums (ganz rechts).

22 · Kunsthistorisches Museum, Antikensammlung. Ephesos Museum, Neue Burg.

23 · Österreichische Galerie (Makart), Oberes Belvedere.

26 · Pathologisch-anatomisches Bundesmuseum. Allgemeines Krankenhaus, „Narrenturm“.

24 · Österreichische Galerie (Klimt).

25 · Kunsthistorisches Museum, Gemäldegalerie.

27 · Historisches Museum, Modesammlung.

28 · Museum moderner Kunst.

29 · Technisches Museum, Eisenbahnmuseum.

30 · Josephinum. Sammlung anatomischer und geburtshilflicher Wachspräparate.

31 · Kusthistorisches Museum, Waffensammlung. Neue Burg.

32 · Graphische Sammlung Albertina, Hauptsaal.

33 · Historisches Museum der Stadt Wien, Uhrenmuseum.

34 · Historisches Museum der Stadt Wien. Modell der Innenstadt 1852–1854.

35 · Hofkammerarchiv, Bücherspeicher.

36 · Kunsthistorisches Museum. Sammlung für Plastik und Kunstgewerbe, Uhren und Automaten.

37 · Naturhistorisches Museum, Prähistorische Schausammlung.

38 · Villa Wertheimstein, Salon. Bezirksmuseum Döbling.

39 · Ehemalige Wohnung des Dombaumeisters Friedrich Schmidt (Erbauer des Rathauses).

40 · Hermesvilla, Schlafzimmer Kaiserin Elisabeths.

41 · Lehárschlössl (Schikanederschlössl), Gedenkraum. Nußdorf.

UM DIE JAHRHUNDERTWENDE

2 · Wienfluß beim Donaukanal. Zollamtssteg. Brücke der ehemaligen Stadtbahn.

3 · Gürtelbrücke. Brücke der ehemaligen Stadtbahn über den Wienfluß. Fünfhaus.

4 · Arsenal. Gebäude des Heeresgeschichtlichen Museums.

5 · Abschluß der Wienfluß-Einwölbung beim Stadtpark.

6 · Nußdorfer Wehr. Brücke und Einlaufbauwerk am Beginn des Donaukanals.

7 · Nußdorfer Wehr. Gebäude des Strombauamtes.

8 · Wienfluß-Einmündung in den Donaukanal. Radetzkybrücke, Urania (Spiegelung).

9 · Roßauer Kaserne. Deutschmeister-Denkmal. Schottenring.

10 · Geschäfts- und Wohnhaus Portois & Fix, Fassadenteil. Ungargasse.

11 · Secession, Ausstellungsgebäude. Kuppel über der Tornische.

14 · Geschäfts- und Wohnhaus, „Loos-Haus". Michaelerplatz.

12 · „Loos-Bar", Kärntner Durchgang.

13 · Wohnhaus, Portal. Dannebergplatz.

15 · Villenportal (Wagner), Hüttelbergstraße.

16 · „Zacherl-Haus", Vestibül. Brandstätte.

17 · Stationsgebäude der ehemaligen Stadtbahn, Karlsplatz. Eingangspavillon.

18 · Wohnhaus (Wagner), Fassadenteil. Schottenring.

19 · Liftgruppe. Wohn- und Geschäftshaus „Majolikahaus" (Wagner). Linke Wienzeile.

20 · Postsparkassenamt (Wagner), Georg-Coch-Denkmal. Georg-Coch-Platz.

21 · Wohn- und Geschäftshäuser im secessionistischen Stil (Wagner). Fassadenteile. Linke Wienzeile 38 und 40 (Majolikahaus, links).

22 · Kirche Am Steinhof (Anstaltskirche, Wagner), Portal.

23 · Kirche Am Steinhof (Anstaltskirche, Wagner), Altar und Altarbild.

26 · „Hohe Brücke" der Wipplingerstraße über den Tiefen Graben, Innenstadt.

24 · Atelier (Wagner), Graben.

25 · Wohnhaus, Fassadenteil, Fenzelgasse.

27 · Wohnhaus, Fassadenteil, Fleischmarkt.

28 · Mozart-Brunnen, Mozartplatz, Wieden.

29 · Ankeruhr. Kunstuhr. Hoher Markt. Innenstadt.

30 · Städtische Wohnhausanlage Karl-Marx-Hof. Mittelteil. Heiligenstädter Platz.

31 · Städtische Wohnhausanlage „Hundertwasserhaus" und Althaus. Kegelgasse-Löwengasse.

32 · Städtisches Hallenbad. Amalienbad. Becken in der Damensauna.

33 · Städtisches Hallenbad, Jörgerbad. Schwimmhalle.

34 · Städtische Wohnhausanlage Hanuschhof, Hanusch-Denkmal. Lechnerstraße.

35 · Städtische Wohnhausanlage Davidhof. Effingergasse.

36 · Städtische Wohnhausanlage Vogelweidhof. Hütteldorfer Straße.

37 · Städtische Wohnhausanlage Karl-Marx-Hof. Mittelteil, Heiligenstädter Platz (12.-Februar-Platz).

38 · Ausstellungsglashaus. Burggarten. Bauplastik.

39 · Abschluß der Wienfluß-Einwölbung beim Stadtpark. Bauplastik.

40 · Bürohaus, Bauplastik. Schottenfeldgasse.

41 · Karl-Marx-Hof, Mittelteil. Bauplastik.

AM RAND DER STADT

2 · Vorstadtensemble. Lorettoplatz. Jedlesee.

3 · Pötzleinsdorfer Schloßpark. Pötzleinsdorf.

4 · Dehne-Park, Teich. Hütteldorf.

5 · Vorstadtensemble. Cobenzlgasse. Grinzing.

6 · Gasthausgarten. Schönbrunner Straße, Margareten.

7 · Heurigengarten. Pfarrplatz, Heiligenstadt.

8 · Grätzlfest. Schlosserplatz, Josefstadt.

9 · Ausstellungsgebäude (Hundertwasser), Weißgerberlände.

10 · Brunnenmarkt. Brunnengasse, Ottakring.

11 · St. Marxer Friedhof. Biedermeierfriedhof. Leberstraße. Landstraße.

14 · Zentralfriedhof. Allerheiligen, Kranzverkauf.

12 · Beethoven-Haus. Probusgasse, Heiligenstadt.

13 · Schubert-Gedenkraum, Kettenbrückengasse.

15 · Altstadtensemble. Ulrichsplatz, Neubau.

16 · Mariensäule, Stammersdorf.

17 · Erzeugung von Streichinstrumenten. Lang. Musikvereinsgebäude.

18 · Erzeugung von Schaukelpferden. Sautergasse, Ottakring.

19 · Schrammelmusik. Musikalischer Sommer. Biedermeierhaus. Langegasse.

20 · Klavierfabrik Ehrbar. Barnabitengasse. Mariahilf.

21 · Blick vom Leopoldsberg über Wien. Von links: Donauturm, UNO-City und Konferenzzentrum, Neue Donau, Donauinsel, Donau, Nußberg, dahinter das Häusermeer von Brigittenau, Leopoldstadt, Döbling.

Innere Stadt und Alsergrund.

22 · Blick vom Krapfenwaldl über die Wildgrube zum Leopoldsberg. Döbling.

23 · Obere Alte Donau. Floridsdorf – Donaustadt.

24 · Riesenrad. Wurstelprater.

25 · Weinlese am Nußberg. Döbling.

26 · Rennbahn Freudenau. Prater.

27 · Landschaftsschutz- und Erholungsgebiet Lobau.

28 · Biergarten. Wurstelprater.

29 · Blick über die Reichsbrücke zur Innenstadt.

30 · Alter Donauarm beim Lusthaus, Prater.

31 · Seitenallee der Prater Hauptallee, Prater.

32 · Neue Donau, unterhalb der Nordbrücke.

33 · Stadtrand, bei Stammersdorf.

34 · Blick vom Hermannskogel über den Wienerwald nach Süden.

35 · Blick vom Bisamberg. Donauturm, UNO-City.

36 · Donau, Donauturm und UNO-City.

37 · Wurstlprater. Bereich des Vergnügungsparks beim Riesenrad (links die Stephanskirche).

38 · Brachliegendes Feld. Stadtrand in Jedlersdorf.

39 · Wienerwald am Exelberg. Hernals.

40 · Alter Donauarm. Prater.

41 · Wasserpark. Obere Alte Donau. Floridsdorf.

ERLÄUTERUNGEN ZU DEN BILDERN

Die Seiten des Erläuterungsteils sind oben
mit den Seitenzahlen und den Titeln der entsprechenden
Abschnitte im Bildteil gekennzeichnet.
Über den einzelnen Texten stehen die Nummern
der besprochenen Abbildungen.
Die Texte fassen Bildgruppen und
zueinander in Beziehung stehende Einzelbilder
zu Themen zusammen.
Nicht alle Abbildungen werden besprochen.

Altstadt. Dachlandschaft um die Singerstraße.

Altstadtensemble am Spittelberg. Neubau.

Stock-im-Eisen-Platz. Blick zum Haas-Haus.

Kohlmarkt. Blick zum Michaelertor. Weihnacht.

21
Blick vom Südturm des Stephansdomes.
Über die Dachlandschaften der Innenstadt ist von der Türmerstube aus mit Blickrichtung Westen ein guter Eindruck über die historische Struktur des Wiener Stadtkerns zu gewinnen. Zur romanisch-gotischen Michaelerkirche kontrastieren die in verschiedenen Abschnitten im Stil der Renaissance, des Barock und zuletzt im Ringstraßenstil entstandenen Bauten der Hofburg. Ihnen folgen stadtauswärts die in der zweiten Hälfte des 19. Jh.s in historisierenden Formen entlang der Ringstraße errichteten Monumentalbauten. Dahinter liegen die ehemaligen Vorstädte und das Häusermeer der im Verlauf des 19. Jh.s mit der Stadt verwachsenen Vororte.

6 · 10 · 11 · 14 · 16 · 24 · 28 · 29 · 32
Barock- und Biedermeierensembles.
Das Straßenbild der Wiener Innenstadt zeichnet sich auch durch die zahlreichen barocken Ensembles der Palais und Bürgerhäuser aus. Sie sind die Verkörperung des enormen Baugeschehens, das nach der erfolglosen Belagerung der Stadt durch die Türken 1683 (und der folgenden Beseitigung der Türkengefahr) das Stadtbild völlig verändert hat. Die neuen Bürgerhäuser wurden mit üppigem, auch figuralem Fassadenschmuck ausgestattet, alte im Stil der Zeit verändert. Mit dem Ende des 18. Jh.s und dem Aufstreben des Bürgertums entstanden die der neuen Lebensanschauung entsprechenden Bauten im Stil des Klassizismus und des Biedermeier.

22 · 33
Stock-im-Eisen-Platz. Stephansplatz.
Der Stock-im-Eisen-Platz, ursprünglich Roßmarkt, war durch Häuser vom Graben und vom Stephansdom abgeschlossen. Der heutige Platz entstand durch Regulierung und Abbrüche 1866. Sein Name stammt von einem alten Wiener Wahrzeichen (nagelbeschlagener Baumstamm), das an der Ecke zur Kärntner Straße aufgestellt war. Der Platz verbindet heute die Fußgängerzonen Graben, Kärntner Straße und Stephansplatz und ist in diesen aufgegangen. Der Stephansplatz umgibt den Stephansdom an Stelle des Stephansfriedhofes. Dieser wurde 1792 aufgelassen, der Platz neu gestaltet und zum Stock-im-Eisen-Platz hin geöffnet.

23 · 36 (Seite 2)
Kohlmarkt.
Verbindung zwischen Tuchlauben und Michaelerplatz, im 13. Jh. als „Witmarkt" (Holzmarkt), im 14. Jh. als „Kohlmarkt" (Holzkohle) erwähnt. Wegen der Nähe zur kaiserlichen Residenz frühzeitig florierendes Geschäftsleben: Hof-Konditorei, Hof-Juweliere und Hof-Uhrmacher. Auch heute eine der elegantesten Geschäftsstraßen (vorwiegend Gründerzeitfassaden) und Fußgängerzone. Ältestes Gebäude: Großes Michaelerhaus, 1720 (Wohnhaus J. Haydns, Sterbehaus P. Metastasios). Die im vorigen Jahrhundert nicht ganz ausgeführte Straßenverbreiterung bedingt eine versetzte Baulinie, so bei zwei Häusern im Jugendstil (z. B. Artaria-Haus).

2–5 · 7–9 · 11–13 · 15 · 17–20
Alte Viertel.
Viele Straßen und Plätze des mittelalterlichen Wien sind erhalten. Zu den ältesten Teilen gehört der Platz um die Ruprechtskirche. Er war zur Zeit des römischen Kastells Marktplatz, Stiegen führten zu einem schiffbaren Donauarm. In der Griechengasse, am Hafnersteig und bei der Kirche Maria am Gestade bestehen weitere historische Ensembles an der zum ehemaligen Flußlauf abfallenden Geländestufe. Erhalten sind auch das mittelalterliche Blutgassenviertel (Blutgasse, Domgasse, Grünangergasse), die barockisierten Quartiere um Schulhof, Kurrentgasse und Judenplatz sowie die Bereiche der Schönlaterngasse, Sonnenfelsgasse und der Bäckerstaße.

2 · 28 · 29–32
Historische Plätze.
Im Wiener Stadtkern, innerhalb der ehemaligen mittelalterlichen Befestigungen, ist neben dem engen Staßensystem auch die Anlage der Plätze weitgehend erhalten. So der Platz Am Hof, der Hohe Markt (ältester Platz Wiens), der Neue Markt, zweitältester Marktplatz (1234), und die Freyung, mittelalterlicher Tummelplatz mit Markttradition bis heute (Christkindlmarkt). Der Franziskanerplatz entstand erst 1624. Einige dominierende Plätze erhielten später ihre heutige Form. So zum Beispiel, mit der baulichen Entwicklung der Hofburg, der Josefsplatz (Hofbibliothek, 1726) und der Michaelerplatz bei der Errichtung des Michaelertraktes Ende des 19. Jh.s.

34 · 35
Graben.
Marktplatz, Festplatz, Straße, Promenade. Ursprünglich ein Wassergraben vor der Festungsmauer der frühmittelalterlichen Stadt, wahrscheinlich schon beim römischen Lager. Ende des 13. Jh.s erstmals als Kraut-, später Brot-, Fleisch- und zuletzt bis 1753 als Grünzeugmarkt genannt. Geschlossener, von vornehmen Bürgerhäusern gesäumter Platz. Im 17. und 18. Jh. Ort höfischer und geistlicher Feste. Im Mittelpunkt (zwischen zwei ehemaligen Marktbrunnen) die Pestsäule. Im 19. Jh. durch Demolierungen zum Stock-im-Eisen-Platz und zum Kohlmarkt hin geöffnet. Früher wie heute ein Kernstück städtischen Lebens (Fußgängerzone).

37
Kärntner Straße.
Schon 1257 als „Strata Carinthianorum" urkundlich erwähnt, später auch Karnerstraße genannt. Als Verbindung zwischen dem Stephansplatz und dem ehemaligen Alten und Neuen Kärntner Tor (nahe der Oper) war sie Endpunkt der wichtigsten Fernverkehrsstraße aus dem Süden und traditionell eine der vornehmsten Geschäftsstraßen. Ende des 19. Jh.s verbreitert (Gründerzeitfassaden); wenige alte Bauten: Malteserkirche (klassizistisch) und Esterházypalais (barock). In den ostseitigen Nebengassen zahlreiche historische Palais und Bürgerhäuser. Die Kärntner Straße ist die erste (1974) gestaltete, begrünte Fußgängerzone Wiens.

Blutgasse. Schwibbögen bei der Singerstraße.

Kleiner Platz in der Innenstadt. Ledererhof.

Graben. Leopoldsbrunnen und Pestsäule.

Fußgängerzone Kärntner Straße. Blick zum Ring.

Platz In der Burg. Blick zum Schweizerhof.

10 · 12 · 15 · 16
Hofburg. Innerer Burghof. Schweizerhof.
Der **Innere Burghof,** Platz „In der Burg", wird von deren ältesten Gebäuden, Schweizerhof (1279 erstmals erwähnt), Amalienburg (1575 begonnen), Leopoldinischer Trakt (1680 fertiggestellt, Maria-Theresien- und Joseph-II.-Appartements) und dem Reichskanzleitrakt (1726–1730 erbaut) gebildet. Früher Turnier- und Theaterplatz. Denkmal Kaiser Franz' I. Der **Schweizerhof** ist ältester Teil der Burg: Wappentafel über dem Burggraben (1536), Schweizertor (Renaissance, 1552), Hofburgkapelle. Der Reichskanzleitrakt war Sitz der Reichsbehörden. Später wurden die Räume für Franz Joseph I. und Elisabeth eingerichtet.

Volksgarten. Bereich Rosengarten. Burgtheater.

2 · 5 · 6 · 8 · 9 · 21 · 33–35 · 41
Burggarten. Volksgarten.
Der **Burggarten,** früher Kaisergarten, war nur den Mitgliedern des Kaiserhauses vorbehalten. Er wurde nach Sprengung der Burgbastei durch französische Truppen 1809 angelegt, zum größten Teil verbaut (Neue Burg, 1894) und ist seit 1919 öffentlich zugänglich. Englische Gartenanlage, von der Albertina durch Gewächshäuser, von der Ringstraße durch mächtige Gitter getrennt. Der **Volksgarten** wurde, ebenfalls nach der Zerstörung der Burgbastei 1809, beim Bau des äußeren Burgtores als Erholungsraum angelegt, 1823 eröffnet und bei der Einebnung des Stadtgrabens, 1862, wesentlich erweitert (Theseustempel, P. Nobile, 1820).

Spanische Hofreitschule. Winterreitschule.

29 · 32
Hofburg. Stallburg. Winterreitschule.
Die Renaissanceanlage der **Stallburg** mit Innenhof und Arkadengängen wurde 1565 als „neue" Hofburg für Erzherzog Maximilian erbaut. Ihr Erdgeschoß diente seit dem 16. Jh. als Stallung für die Leibpferde des Kaiserhauses. Die **Winterreitschule** wurde 1735 nach Plänen von J. E. Fischer von Erlach vollendet. Der prächtige Saal mit Umgang und auf 46 Säulen ruhender Galerie wurde für Hof-Carousseles, Empfänge und Feste beim Wiener Kongreß und 1845 für die erste Reichsratssitzung verwendet. Er dient heute dem Training und den Vorführungen der Spanischen Hofreitschule, deren Lipizzaner in der Stallburg untergebracht sind.

Krone Rudolfs II. Österreichische Kaiserkrone.

22–27
Hofburg. Schatzkammer.
Die **Weltliche Schatzkammer** (Schweizerhof) enthält viele Prunkstücke von höchstem kunst- und kulturhistorischem Rang (und Symbolgehalt). Unter anderem die Insignien und Kleinodien des Heiligen Römischen Reiches (Reichskrone, 10. Jh., Reichsapfel, 12. Jh., Reichskreuz, 11. Jh., Stephansbursa, 9. Jh.); die Insignien der Erbhuldigung; Krone, Reichsapfel und Szepter Kaiser Rudolfs II. (österreichische Kaiserkrone); den mittelalterlichen Burgunderschatz (Orden vom Goldenen Vlies). Die **Geistliche Schatzkammer** enthält die vom Hof gesammelten und verwendeten liturgischen Geräte, Paramente und Reliquien.

3 · 4 · 7 · 8 · 11 · 13 · 14 · 21 · 33 · 34 · 37
Hofburg. Neue Burg. Vorgelagerte Plätze.
Das den Heldenplatz einseitig säumende Bauwerk der Neuen Burg und die um den Maria-Theresien-Platz jenseits der Ringstraße gelegenen Gebäude des Kunst- und Naturhistorischen Museums und der Hofstallungen sind Teile eines nicht ganz realisierten „Kaiserforums". Der halbkreisförmige Flügel der Neuen Burg sollte ein Gegenüber erhalten und beide Trakte über die Ringstraße mit den Hofmuseen verbunden werden. Heute ist der Heldenplatz (1819) mit dem äußeren Burgtor (1824) und den Denkmälern Erzherzog Carls (1847) und Prinz Eugens (1865) zur Ringstraße und gegen den Volksgarten hin offen.

Neue Burg. Ringseite. Glasgedeckter Innenhof.

14 · 30 · 40 (Seite 2, 21 · 29, 22 · 36, 66 · 21)
Hofburg. Michaelertrakt. Hofbibliothek.
Die **National(Hof)bibliothek** wurde nach Plänen von J. B. und J. E. Fischer von Erlach 1726, die den Josefsplatz rahmenden Flügelbauten 1767 von N. Pacassi erbaut. Der **Michaelertrakt** bildet mit einem kolossalen Portal und der vierundfünfzig Meter hohen Kuppel die Stadtseite der Burg. Er wurde nach Plänen von J. E. Fischers von Erlach von F. Kirschner 1893 erbaut und verbindet die Winterreitschule mit dem Reichskanzleitrakt. An den Seitenpavillons des Halbrunds zum Michaelerplatz zwei Brunnen: „Macht zu Lande" und „Macht zur See". Mittelrisalit mit Doppelsäulen und monumentalen Herkulesstatuen an den Portalen zum Kuppelraum.

Hofburg. Michaelertrakt. Kuppeleinwölbung.

17–20
Hofburg. Kaiserappartements.
Die **Schauräume** Franz-Joseph-Appartement (Reichskanzleitrakt) und Elisabeth-Appartement (Amalienburg) umfassen die ehemaligen Wohn- und Repräsentationsräume Kaiser Franz Josephs I. und Kaiserin Elisabeths. Einige davon sind: der Rauchsalon mit Brüsseler Wandteppichen (17. Jh.); der Große Salon mit Palisandermöbeln (vergoldete Beschläge im Stil Louis' XV.); das Audienzzimmer Franz Josephs mit seinem Stehpult; der Große Salon und das Toilette- und Turnzimmer Elisabeths. In der Amalienburg: Alexander-Appartement, Roter Salon, zuletzt Audienz- und Arbeitsraum Kaiser Karls; Speisesaal, „Allerhöchste Hoftafel".

Toilette- und Turnzimmer Kaiserin Elisabeths.

31
Kaisergruft (Kapuzinergruft).
Mit der Stiftung von Kapuzinerkirche und -kloster durch Kaiser Matthis und seine Gattin Anna war die Errichtung einer kaiserlichen Gruft verbunden (1622 begonnen). Sie wurde vom 17. bis zum 20. Jh. schrittweise erweitert und enthält 138 zuerst aus Zinn, ab 1790 aus Kupfer gefertigte Särge in neun Grufträumen. So die Maria-Theresien-Gruft, ein Kuppelraum und das Zentrum der Anlage (Doppelsarkophag aus Zinn für Maria Theresia und Franz Stephan von Lothringen, 1753; Kupfersarg Josephs II.), die Karolinische Gruft (Karl VI.), 1720, oder die Franz-Joseph-Gruft mit den Sarkophagen Franz Josephs, Elisabeths und Kronprinz Rudolfs.

Kaisergruft. Karolinische (Karl VI.) Gruft. 1720.

Stephansdom. Südliche Dachfläche des Chores.

Stephansdom. Westfassade. Fürstenfigur. 1365.

Votivkirche. Gewölbe des Lang- und Querhauses.

Peterskirche. Portal und Kuppel, vom Graben.

11–13 · 15–22
Stephansdom.
Eine der berühmtesten Kirchen Europas. Wahrzeichen Wiens. Großartigstes Bauwerk der Gotik in Österreich. Dreischiffige, gestaffelte Hallenkirche mit seitlich stehenden Türmen (nur der Südturm fertiggebaut, mit 136,7 Metern dritthöchster Kirchturm der Welt) und steilem, mit glasierten Ziegeln bunt gedecktem Satteldach. **Der erste Bau**, eine romanische Pfarrkirche außerhalb der Stadtmauer (auf sakralen Bauresten), wurde 1147 vom Passauer Bischof Reginbert dem hl. Stephan geweiht. Die Babenberger, ab 1135 Stadtherren von Wien, hatten 1137 dem Passauer Bischof im „Tauschvertrag von Mautern" (Wien wird „civitas" genannt) die ihnen unterstehenden Kirchen der Stadt übertragen. Diese um 1160 vollendete Stephanskirche war eine dreischiffige romanische Basilika mit zwei Westtürmen. **Der zweite Bau**, ein spätromanischer Neubau, um 1230/40 begonnen, wurde 1263 geweiht. Seine Westfassade mit dem Riesentor und die beiden „Heidentürme" blieben erhalten. Der gotische Dom entstand als **dritter Bau** zwischen 1304 und 1523: 1304 bis 1340 der hochgotische Hallenchor (Albertinischer Chor, Albrecht II.), 1359 bis 1433 der hochgotische Südturm und bis 1440 das spätgotische Langhaus. Der Bau am 1467 begonnenen spätgotischen Nordturm wurde 1523 eingestellt (Glockenhelm 1578). Der Stephansdom wurde 1945 schwer beschädigt (Brand des gotischen Dachstuhls) und zwischen 1945 und 1952 wieder hergestellt.

Neben der Gesamtarchitektur und vielen Details außen sehenswert: Ölbergrelief (1440) beim „Bischofstor"; Grabstein des Arztes Cornax (gest. 1564) und Epitaph für Conrad Celtis (gest. 1508) am Nordturm; Sandsteinrelief „Jüngstes Gericht" (um 1520), Totenkapelle (1752, Einsegnung W. A. Mozarts 1791), Capistran-Kanzel (um 1430, Aufsatz 1738), „Zahnwehherrgott" (Kopie) und drei Passionsreliefs (Anf. d. 15. Jh.s), sechs spätgotische Passionsfresken (um 1500), Lacknersches und Straubsches Epitaph (Anf. 16. Jh.) an den Außenwänden des Chores; Schmerzensmann (1. Hälfte 15. Jh.), Tumba des Neidhart Fuchs (Ende 14. Jh.) beim „Singertor". Im Inneren besonders sehenswert: Hochaltar (1647), dahinter gotische Glasgemälde (Mitte 14. Jh.), Wiener Neustädter Altar (gotischer Flügelaltar, 1447), Hochgrab für Herzog Rudolf IV. (1378?), Hochgrab für Kaiser Friedrich III. (Freigrab aus rotem Marmor, reicher figuraler Schmuck, 1513 fertiggestellt), Kanzel (mit Selbstportrait Anton Pilgrams „Fenstergucker", um 1500), Orgelfuß (mit Büste Pilgrams, 1513), Dienstbotenmadonna (1340), zahlreiche künstlerisch wertvolle barocke Pfeileraltäre. Gruftanlagen (Katakomben): Herzogsgruft und Fürstengruft (u. a. Rudolf IV., Albrecht III. und 56 Urnen mit den Eingeweiden der Habsburger) unter dem Chor; Mitte des 18. Jh. zur Bestattung angelegte neue Grufträume unter dem Stephansplatz. Im Glockenhelm des Nordturmes seit 1951 die Pummerin, Replika der 1711 aus türkischen Kanonen gegossenen Glocke.

5 · 8 · 10 · 14
Maria am Gestade. Michaelerkirche. Votivkirche.
Maria am Gestade, 1158 urkundlich, über Resten der römischen Stadtmauer an einer Geländestufe im 14. und 15. Jh. errichtete gotische Kirche besonders schlanker Bauart. Westfassade mit Steinbaldachin und figurengeschmücktem Giebel, besonders schöner Turm (Helm), 1414. **Michaelerkirche**, ehem. Hofpfarrkirche mit romanischen (Außenmauern, 13. Jh.), gotischen (Chor, um 1350), barocken (Portalvorbau, 1725) und klassizistischen (Fassade, 1792) Elementen. **Votivkirche**, neugotisch, aus Dank für das Mißlingen eines Attentates (1853) auf Kaiser Franz Joseph I. 1879 errichtet.

34 · 37
Karlskirche.
Als Pest-Stiftung Kaiser Karls VI. 1716 von J. B. Fischer von Erlach begonnen, 1739 von seinem Sohn Joseph Emanuel vollendet. Bedeutendster Sakralbau des Barock in Wien. Kuppelbekrönter Zentralbau (Kuppel 72 m) mit vorgelagerter breiter Fassade, griechischem Tempelportikus als Vorhalle, zwei Triumphsäulen und zwei Glockentürmen. Längsovaler Kuppelraum, Kuppelfresken von J. M. Rottmayr, 1727. An den Triumphsäulen Spiralreliefs (Leben des hl. Karl). Zur Bauzeit in freiem Gelände auf monumentale Fernwirkung berechnet. Als Bauwerk Symbol eines universellen kirchlichen und des imperialen Anspruchs seines Stifters.

3
Peterskirche.
Der Legende nach von Karl dem Großen 792 gegründet, wahrscheinlich im 11. Jh. entstanden. Nach der Ruprechtskirche (wie diese innerhalb der Mauern des ehem. römischen Kastells) die zweitälteste Kirchengründung Wiens. Der heutige Bau, nach einem durch J. L. Hildebrandt veränderten Plan, mit zweigeschossiger Fassade, schräg gestellten Türmen, Portalvorbau und zentralem, längsovalem Kuppelraum (Kuppelfresko M. Rottmayr, 1714) wurde 1733 fertiggestellt. Die Kirche ist reich an barocken Kunstschätzen. Ein romanischer Wasserspeier ist einziges Relikt der Vorgängerbauten. Die angebauten Verkaufsbuden wurden 1844 abgerissen.

7 · 9 · 36
Alte und Neue Jesuitenkirche.
Die **Alte Jesuitenkirche** (Kirche Am Hof) wurde als gotische Hallenkirche 1403 an Stelle der Hofkapelle der Babenbergerpfalz Am Hof erbaut. Sie wurde 1554 den Jesuiten übergeben, barockisiert und 1662 mit der frühbarocken Monumentalfassade versehen. Höhepunkt der Architektur des 17. Jh.s. Vom Altan: Papstsegen 1782. Die **Neue Jesuitenkirche** (Universitätskirche), anläßlich des Neubaues der Universität von Kaiser Ferdinand II. gestiftet, war 1627 fertig und wurde 1707 (Andrea Pozzo) zu ihrer heutigen Form (frühbarocke Fassade, Kirchenschiff mit gemalter Scheinkuppel) umgebaut. Nach Aufhebung des Jesuitenordens Universitätskirche.

Stephansdom. Hochgrab Kaiser Friedrichs III.

Stephansdom. Orgelfuß mit Büste Anton Pilgrams.

Karlskirche. Längsovaler Kuppelraum. Hochaltar.

Neue Jesuitenkirche. Gewölbemalerei und Kanzel.

Bildteil Seiten 37 bis 48 · Zur Ehre Gottes

Dominikanerkirche. Einwölbung des Kirchenschiffs.

Anstaltskirche Am Steinhof. Portalbekrönung.

6 · 39
Dominikanerkirche.
An Stelle seit 1237 bestehender, von den Dominikanern errichteter Vorgängerbauten, zuletzt nach Schäden durch die Türkenbelagerung 1529 (Dominikanerbastei), in der heutigen Form 1674 als dritter Kirchenbau (Kuppel und Fassade) vollendet. Kräftig gegliederte Fassade im Stil des italienischen Frühbarock. Saalkirche mit Vierungskuppel, reiche frühbarocke Stuck- und Freskendekoration. 1851 wurde bei der Regulierung des Vorplatzes die Freitreppe angelegt, die Schleifung der Basteien machte die der Stadt abgewandte Seite (zwei niedrige Türme) sichtbar. Wesentliche Teile des an die Kirche angebauten Klosters wurden 1937 abgetragen.

2 · 4
Piaristenkirche.
Die heutige Kirche, 1716 nach Plänen von Johann Lukas von Hildebrandt in der ehemaligen Vorstadt begonnen, wurde 1753 vollendet. Die ursprünglich ohne Helm errichteten Türme wurden erst 1860 erhöht und die Fassade in ihre heutige Form gebracht. Schöner, architektonisch besonders interessanter zentraler Innenraum mit flacher Kuppel. Decken- und Kuppelfresken von Franz Anton Maulbertsch. Klanglich hervorragende Orgel (von Anton Bruckner und Franz Liszt gespielt). Die Kirche und vor dieser die Mariensäule (Pestsäule, 1713) bilden die Mitte. Kloster und Schule der Piaristen den linken und rechten Flügel des Kirchenplatzes.

23 · 29–31 (Seite 92 · 22 · 23)
Synagoge. Kirche Am Steinhof. Wotruba-Kirche.
Synagoge. Im Hof eines von J. Kornhäusel für die Israelitische Kultusgemeinde im klassizistischen Stil 1826 errichteten Hauses (nur kath. Gotteshäuser durften direkt an der Straße stehen). Längsovaler Bau mit Säulenumgang und Kuppel. **Kirche Am Steinhof**. Innerhalb seiner Planung der Gesamtanlage der Landesirrenanstalt (1902) von Otto Wagner selbst 1907 realisiertes Jugendstil-Gesamtkunstwerk. Bedeutendster Bau der „Wiener Moderne". **Wotruba-Kirche**. Am Georgen-Berg, Mauer, nach einem Konzept des Bildhauers Fritz Wotruba. Kirche mit Unterkirche, aus Betonkuben. 1976.

38 · 41
Maria vom Siege. Altlerchenfelder Kirche.
Maria vom Siege, romantischer, in neugotischen Formen 1875 durch Friedrich v. Schmidt (Neues Rathaus) aus Backstein errichteter Kuppelbau (Zentralbau). Achteckiger, polychromierter Zentralraum mit Bündelpfeilern und Umgang. Wandmalereien aus der Bauzeit. **Altlerchenfelder Kirche**, einheitliches Gesamtkunstwerk und kirchliches Hauptwerk der Wiener Romantik, 1848 von P. Sprenger begonnen. Alle Wandflächen des Kircheninneren polychromiert. Freskenzyklus mit einem Gesamtprogramm („Erster Schöpfungstag" bis „Jüngstes Gericht"), ausgeführt unter Beteiligung zahlreicher bekannter Künstler.

Piaristenkirche. Klostergebäude und Pestsäule.

Altlerchenfelder Kirche, bemalter Innenraum.

Bildteil Seiten 49 bis 60 · Macht und Herrlichkeit

Schloßpark Schönbrunn. Neptunbrunnen, Schloß.

Schloß Schönbrunn. Schauräume. Gobelinsaal.

10–21 (Seite 3)
Schloß Schönbrunn.
Eine der prachtvollsten Schloßanlagen des Barock, ehemalige Hauptresidenz der Habsburger. An der Stelle früherer, zuletzt von den Türken (1683) zerstörter Schloßbauten für Joseph I. von J. B. Fischer von Erlach errichtete Sommerresidenz. Die auf der Höhe der Gloriette geplante Anlage (1693) wurde nach einem zweiten, vereinfachten Projekt Fischers 1696 an der heutigen Stelle begonnen, bis zu Josephs I. Tod 1711 wurde nur der Hauptflügel fertig, die Seitenflügel und die Einrichtung waren erst 1722 vollendet. Der Bau Fischers wurde 1744 bis 1749 für Maria Theresia nach Plänen des Hofarchitekten Nikolaus Pacassi zur heutigen Gestalt verändert: Abbruch der Giebel, Pfeilerhalle als Durchbruch des Mittelrisalits, Anlage der hof- und gartenseitigen Balkone, deren seitliche Freitreppen und der beiden Galerien. Die Inneneinrichtung erfolgte nach Entwürfen von Pacassi im Stil des Rokoko. Einige der schönsten und wertvollsten Räume sind: das Große und die Kleinen Rosa-Zimmer, das Chinesische Rundkabinett, Geheimkabinett (1760); die Kleine Galerie mit Treppenanlage zum Park (1761); der Zeremoniensaal; das Vieux-Laque-Zimmer, Privatgemach Maria Theresias; das Millionenzimmer, Salon Maria Theresias, reinstes Rokoko in kostbarsten Materialien; die Große Galerie, Repräsentationssaal, Mittelpunkt des Schlosses, Rahmen der Festlichkeiten der Monarchie; die Bergl-Zimmer im Parterre, Gartenappartements mit romantisch-illusionistischen Wandmalereien (J. Bergl, 1769–77). Riesiger Schloßhof (Ehrenhof, Paradeplatz) mit schmiedeeisernem Haupttor und zwei Brunnenbecken. In den flankierenden Gebäuden: Schloßtheater (Pacassi 1747, 1767 im Stil des Rokoko verändert); Wagenburg des Kunsthist. Museums (Fahrzeuge des Wiener Hofes, historische Prunk- und Gebrauchswagen). Der Schloßpark wurde 1705/06 von Jean Trehet angelegt, 1750 der Kammergarten und der Kronprinzengarten (rechts und links des Hauptgebäudes). Der heutige Park wurde um 1765 (A. v. Steckhoven und Hetzendorf von Hohenberg) in Abänderung der ursprünglichen Anlage nach französischen Vorbildern (geometrische Alleen, zu Wänden geschnittene Bäume, durch Architekturen geschaffene Blickpunkte) neu reguliert: Gartenparterre mit 32 Steinskulpturen (18. Jh.) und Neptunbrunnen (1780); Römische Ruine, romantische Ruinenanlage (1778); Kaskade und Obelisk (1777); Schöner Brunnen, Pavillon über einer am Berghang entspringenden Quelle (Skulptur der Nymphe Egeria, 1779); kreisförmiger Tiergarten (Anlage 1752); Gloriette, Kollonadenbau in Form eines Triumphtores als Abschluß des Parks (1775). Neben der Kleinen Gloriette, dem Tirolergarten (Erzherzog Johann, um 1800) und dem Fasangarten im Bereich der Gloriette, im westlichsten Teil des Schloßparks der Botanische Garten und das Palmenhaus. Es wurde 1882 als reine Eisenkonstruktion mit doppelter Verglasung errichtet (pflanzliche Raritäten – Expeditionen – aus allen Erdteilen).

Schloßpark Schönbrunn. Brunnen und Palmenhaus.

Schloß Schönbrunn. Wagenburg. Hist. Prunkwagen.

Blick vom Oberen Belvedere zum Stephansdom.

23–25 · 29–32 · 38–41
Oberes und Unteres Belvedere.
Als Sommerresidenz für Prinz Eugen von Savoyen zwischen 1714 und 1723 nach Plänen von Lukas v. Hildebrandt erbaute Anlage mit zwei Schlössern samt Nebengebäuden und dazwischen liegendem Park. Das **Untere Belvedere** (Rennweg) wurde 1716 als Wohngebäude, das **Obere Belvedere** (Prinz Eugen-Straße), Repräsentationszwecken gewidmet, 1723 fertiggestellt. Die mit vielen wasserbaulichen Anlagen (Wasserbecken, Fontänen und Kaskade) ausgestattete, terrassenförmig ansteigende Parkanlage, schon 1700 nach Plänen von Dominique Girard begonnen, wurde 1725 fertig. Ihre heutige Form stammt aus den Jahren 1850/52, die zahlreichen Gartenplastiken der ursprünglichen Anlage sind nur zum Teil erhalten. Nach dem Tod des Prinzen Eugen 1736 verkaufte dessen Erbin das Schloß mit allen seinen Kunstschätzen dem Hof. Die Menagerie des Prinzen kam nach Schönbrunn, seine Bücher- und Kartensammlung in die Hofbibliothek. An der Stelle des Tiergartens wurde ein Garten zur besonderen Kultivierung der heimischen Alpenpflanzen eingerichtet (Franz I.). **Unteres Belvedere**, im Gegensatz zur schlichten Außengestaltung prunkvolle Innenausstattung: Marmorsaal mit Fresko- und Marmordekoration, ehem. Schlafgemach (Deckenfresken Altomonte), Groteskensaal, Marmorgalerie und Goldkabinett (Spiegelzimmer). **Oberes Belvedere**, an Pracht und Größe den Wohnbau übertreffendes, auf Fernwirkung konzipiertes Repräsentationsschloß: Sala terrena (von vier Atlanten getragenes Gewölbe), Stiegenhaus, Gartensaal (Wände und Decke vollständig bemalt), Marmorsaal (Festsaal, marmorverkleidet, Deckenfresko), Goldkabinett. Fassadenveränderungen Ende des 18. Jh.s (Abmauerungen offener Arkaden im Erdgeschoß). In einem Nebengebäude wohnte und starb (1896) Anton Bruckner. Zwischen 1904 und 1914 Residenz des Thronfolgers Franz Ferdinand. Im Schloß bestehen heute Museen der Österreichischen Galerie: Oberes Belvedere Galerie des 19. und 20. Jh.s: Unteres Belvedere Barockmuseum, in der Orangerie Museum mittelalterlicher Kunst. Das Belvedere ist eines der Hauptwerke des Wiener Barock und zählt zu den schönsten Schloßanlagen Europas.

Oberes Belvedere. Sala Terrena, Atlanten.

Unteres Belvedere. Teil der Marmorgalerie.

2 · 4 · 9 · 26
Winterpalais. Palais Lobkowitz.
Winterpalais, unter Mitwirkung von J. B. Fischer v. Erlach und J. L. v. Hildebrandt zwischen 1696 und 1724 errichtetes Stadtpalais des Prinzen Eugen von Savoyen. Durch die Fassadengestaltung, das Stiegenhaus und die Prunkräume des ersten Stockwerks (Tanzsaal, Blauer Saal, Goldkabinett, alle Räume mit Groteskenmalerei auf Goldgrund) eines der schönsten Bauwerke des Barock. Seit 1848 Finanzministerium. **Palais Lobkowitz**, 1687 als Palais Dietrichstein erbaut, um 1710 von J. B. Fischer v. Erlach verändert, 1753 Besitz der Lobkowitz. Innenhof mit Brunnen, prächtiges Stiegenhaus, Festsaal (im 19. Jh. ein kulturelles Zentrum – Beethoven, „Eroica").

Winterpalais. Prunkräume. Wandverkleidungen.

Stadtpalais Liechtenstein. Treppenhaus.

3 · 5 · 7 · 8
Palais Liechtenstein. Palais Kinsky.
Stadtpalais Liechtenstein (Bankgasse), 1705 für den Fürsten J. Adam Liechtenstein erbaut. Das Haus war wegen seiner Kunstschätze und seiner mechanischen Vorrichtungen berühmt. Prächtiges Stiegenhaus, prunkvolle Einrichtung (Zweites Rokoko, 1847). **Sommerpalais Liechtenstein** (Roßau), in der Vorstadt nach Plänen D. Martinellis 1711 fertiggestellt: freskenverzierte Sala terrena, zwei Marmor-Prachttreppen, Marmorsaal. **Palais Kinsky**, von J. L. v. Hildebrandt für den Grafen Daun 1716 errichtet, 1784 an die Kinsky. Durch die gelungene Fassadengliederung und das prächtige Stiegenhaus einer der schönsten Barockpaläste Wiens.

22 · 33
Palais Trautson. Palais Schwarzenberg.
Palais Trautson, in der Vorstadt nach Plänen von J. B. Fischer von Erlach für den Grafen Trautson 1712 erbautes Gartenpalais. Von Maria Theresia 1760 erworben und der Ungarischen Garde überlassen, 1961 vom Staat gekauft. Monumentales Treppenhaus, zweigeschossiger Festsaal. Eines der prächtigsten Barockpalais Wiens. **Palais Schwarzenberg**, von J. L. v. Hildebrandt 1697 begonnenes Gartenpalais, durch J. B. und 1728 durch J. E. Fischer v. Erlach verändert und für Adam Fürst Schwarzenberg fertiggebaut (Marmorgalerie, 1725). 1751 durch Reitschule und Orangerie ergänzt, der 1697 von J. Trehet angelegte Barockgarten später verändert.

Palais Schwarzenberg. Marmor(Gemälde)galerie.

Palais Rasumofsky. Kreisrunder Saal, Kuppel.

36
Palais Rasumofsky.
Für den russischen Gesandten Fürst Rasumofsky (Gönner Beethovens) in einer ausgedehnten Parkanlage nach einem Entwurf von L. v. Montoyer 1807 errichteter klassizistischer Gartenpalast. Streng gegliederte Fassaden mit Säulenvorbauten, kreisrunder Kuppelsaal, Großer Saal mit korinthischen Säulen. Die hervorragenden Kunstschätze und Sammlungen des Palais fielen 1814 einem Brand, der bei einem vom russischen Zaren für die Teilnehmer des Wiener Kongresses gegebenen Ball ausbrach, zum Opfer. Der Park ist heute weitgehend verbaut, das Palais (Geologische Bundesanstalt) ist ein seltenes Beispiel des Empire in Wien.

37
Palais Pallavicini.
Statt eines an der Stelle bestehenden Klosters von J. F. Hetzendorf v. Hohenberg für den Bankier und Industriellen Johann Graf Fries 1784 in klassizistischen Formen erbautes Palais. Prachtvolle Inneneinrichtung, Portal mit vier Karyatiden (1786), Attika mit Statuen „Handel" und „Freiheit" (1783). Nachdem sein Sohn Moriz, angesehenster Kunstsammler und Mäzen Wiens am Beginn des 19. Jh.s (reichster Mann Österreichs), sein Vermögen beim Niedergang seines Bankhauses verloren hatte, wurden Palais und Sammlungen (Versteigerungen 1823–28) verkauft. 1842 kam das Haus in den Besitz der Familie Pallavicini.

Palais Pallavicini. Karyatiden des Portals.

Blick vom Schwarzenbergplatz über den Opernring.

Akademie. Aula in neoklassizistischem Stil.

Naturhistorisches Museum. Treppenhaus.

Staatsoper. Ringstraßenfassade. Portalvorbau.

14 · 23
Ringstraße.
Die Ringstraße entstand auf dem durch die 1857 beschlossene Schleifung der aus der Renaissance stammenden Befestigungsanlagen der Stadt (Basteien) gewonnenen Areal, unter Einbeziehung des diesen vorgelagerten Glacis. Sie umschließt in Form eines Vielecks den historischen Stadtkern Wiens. In der umfassenden Planung für die Straße und die angrenzende Bebauung war die Anlage der bedeutendsten öffentlichen Gebäude vorgesehen. Die rund vier Kilometer lange, von Alleen begleitete und in ihrer Ensemblewirkung erhaltene Prachtstraße ist ein weltberühmtes Beispiel für Architekturen im Stil des Historismus.

6 · 7 · 34 · 35 · 41
Ringstraßenbauten: Schulen.
Museum und Hochschule für angewandte Kunst. Von Heinrich Ferstel in Formen der Renaissance (Gebäude am Stubenring, 1871) und Ludwig Baumann (Bauten in der Weiskirchnerstraße, 1908) errichtet. Glasgedeckter Innenhof mit umlaufenden Arkaden, großzügiges Treppenhaus. **Akademie der bildenden Künste**. Von Theophil v. Hansen 1876 errichtet. Durch Bogenfenster und Nischen mit Terrakottafiguren strukturierte Fassade, neoklassizistische Aula (Deckenbilder von A. Feuerbach, 1880). Bedeutende Gemäldegalerie, Kupferstichkabinett. **Universität**. Von H. Ferstel 1884 errichtet: Festsaal, glasgedeckter Lesesaal, Arkadenhof.

9 · 39 (Seite 34 · 35, 35 · 37)
Ringstraßenbauten: Hofmuseen.
Die beiden Hofmuseen, das **Kunsthistorische** und das **Naturhistorische Museum**, sind Teile eines von G. Semper und C. Hasenauer geplanten „Kaiserforums". Die beiden riesigen, einander symmetrisch und in gleicher äußerer Form gegenüberliegenden Gebäude im Stil der ital. Renaissance waren 1881 im Rohbau fertig. Ihre äußere Gestalt stammt von Semper, die innere Ausstattung von Hasenauer. Das prunkvoll ausgestattete Kunsthistorische Museum enthält unter vielen anderen Sammlungen eine weltbekannte Gemäldegalerie, das Naturhistorische Museum bedeutende prähistorische, anthropologische und zoologische Sammlungen.

13 · 25 · 28 · 32 · 33 · 40
Ringstraßenbauten: Theater.
Staatsoper. Als Hofoper von A. Sicard v. Sicardsburg (bauliche) und von E. v. d. Nüll (dekorative Gestaltung) und erster Monumentalbau der Ringstraßenzone 1869 in historisierendem Stil vollendet. Vorbau mit Durchfahrt und Loggia, monumentales Treppenhaus. Eine der größten Bühnen Europas, Zuschauerraum für 2209 Personen. 1945 weitreichend zerstört, 1955 wiedereröffnet. **Burgtheater**. 1888 als Hoftheater von G. Semper und C. Hasenauer im Stil der italienischen Renaissance erbaut. Prachtvolle Feststiegen in den Seitenflügeln, der Zuschauerraum wurde nach 1945 erneuert. Bedeutendste Sprechbühne im deutschen Sprachraum.

5 · 16–20 · 23
Parlament.
Als Sitz des Abgeordnetenhauses und des Herrenhauses nach Plänen von Theophil v. Hansen an der Ringstraße 1883 fertiggestellt. Hervorragendes Beispiel des Historismus unter Wiederbelebung griechischer Architekturelemente. Mittelrisalit mit vorgelegter Auffahrtsrampe. Säulenportikus und Säulenhalle mit 24 monolithischen Marmorsäulen. In den seitlichen Flügelbauten: die Sitzungssäle des ehemaligen Abgeordnetenhauses (rechts, erhalten) und des Herrenhauses (links, 1945 zerstört, heute Sitzungssaal des Nationalrates). **Pallas-Athene-Brunnen** vor dem Mittelrisalit. Hansen, 1902, 4 m hohes Standbild der Pallas Athene.

2 · 4 · 10
Ringstraßenbauten: Verwaltungsbauten.
Das **Kriegsministerium**, heute Regierungsgebäude, wurde von L. Baumann 1913 in neubarocken Formen erbaut. Am Mittelrisalit ein riesiger österr. Doppeladler aus Bronze, vor dem Haupttor das Reiterdenkmal des Feldmarschalls Radetzky (1892). Der **Justizpalast** entstand 1881 nach Plänen von A. Wielemans. Glasgedeckte Zentralhalle, darin eine Freitreppe und eine Kolossalfigur der „Justitia" aus Marmor. Das Gebäude wurde 1927 von Demonstranten angezündet, 1931 wiederhergestellt. Die **Börse**, von Th. Hansen 1877 in Formen römischer Bauten errichtet, wurde 1956 durch Brand schwer beschädigt (Vernichtung des Börsensaales).

17 · 22 · 23 · 24 · 27 · 29 · 36
Rathaus.
Von Friedrich Schmidt (als Sieger eines Wettbewerbes) 1883 an der Stelle eines Exerzier- und Paradeplatzes fertiggestellt, 1885 bezogen. Monumentalbau in neugotischem Stil: Hauptfassade mit offenen Arkaden, Mittelturm (fast 98 m) und je zwei Seitentürme (61 m), kreuzgangartiger Arkadenhof. Prunkvolle Hauptstiegen, Haupträume mit polychromer Dekoration. Im ersten Stock: Festsaal (größter Saal Österreichs) an der Hauptfront; Gemeinderatssitzungssaal an der Rückfront; Steinerner Saal und Stadtsenatssaal; Wappensäle, Volkshalle, unter dem Festsaal: Schmidthalle unter dem Gemeinderatssitzungssaal (beide im Parterre).

8 · 37 · 38 (Seite 86 · 4)
Arsenal. Musikverein.
Das **Arsenal** wurde 1856 als Reaktion auf die Revolution von 1848 als eine kolossale Arsenal- und Kasernenanlage errichtet. Innerhalb der im Stil des romantischen Historismus in Ziegelrohbau erbauten Anlage (Ausgangspunkt der vom Historismus geprägten „Ringstraßenarchitektur") entstand das Heeresgeschichtliche Museum (L. Förster, Th. v. Hansen) mit Feldherrenhalle, Ruhmeshalle und Rittersaal. Das **Musikvereinsgebäude** wurde 1869 von Th. v. Hansen für die Gesellschaft der Musikfreunde im Stil griechischer Renaissance erbaut. Großer Saal mit prunkvoller Dekoration (Karyatiden). Musikzentrum internationalen Ranges.

Parlament. Säulen des Portikus. Athene-Brunnen.

Justizpalast. Glasgedeckte Halle. Freitreppe.

Rathaus. Arkadenhofkonzert (Musikal. Sommer).

Arsenal. Heeresgeschichtliches Museum, Kuppel.

Biedermeierhaus. Innenhof. Offener Umgang.

2–9
Wiener Häuser, Durchhäuser und Innenhöfe.
Nach der vergeblichen Belagerung Wiens durch die Türken 1683 und mit der durch ihre folgenden Niederlagen wachsenden Sicherheit begann ein schwungvoller Aufbau der zerstörten Vorstädte. Adel und Bürgertum siedelten außerhalb der engen, befestigten und ummauerten Stadt. In den Bürgerhäusern des wohlhabenden Mittelstandes, ihren geschmückten Fassaden, prächtigen Einfahrten und begrünten Innenhöfen entstanden Gegenstücke zu den Gartenpalästen des Adels. Die kleinparzelligen Häuser der Gewerbetreibenden und Beamten waren einfacher gegliedert, in den kleinen Innenhöfen erschlossen offene Umgänge (Pawlatschen) die einzelnen Stockwerke. Das Vorstadthaus des Barock und Biedermeier hatte den Eingang in der Mitte eines ein- oder zweistöckigen Straßentrakts, einen von meist ebenerdigen Werkstätten und kleinen Wohnräumen gesäumten, meist begrünten Hofraum und offene Hausgänge (Pawlatschen). Daneben entstanden auch „Arme-Leute-Häuser", mehrgeschossige Großmiethäuser ohne die gestalterische Individualität der bürgerlichen Bauten. Die wachsende Industrialisierung brachte die rasterförmige Bebauung nach generellen Regulierungsplänen und damit einen völlig neuen Mietshaustypus. Auch die Wiener Besonderheit, das **Durchhaus** mit einem zwei Straßenzüge oft über eine ganze Kette von Innenhöfen verbindenden Fußweg, entstand.

Stiegenanlage in einem Durchhaus. Neubau.

Wien mit Ringmauer. Albertinischer Plan. 15. Jh.

21
Blick über die Innenstadt nach Süden.
Das Stadtgebiet wird durch eine Reihe von Terrassen gegliedert, die von der Flußlandschaft der Donau zu den Hängen des Wienerwaldes ansteigen. Schon die Römer nützten (um 100) die natürliche Gegebenheit einer hohen Uferterrasse zwischen den Mündungen zweier Gewässer (Wienfluß und Ottakringer- bzw. Alserbach) in einen Donauarm (heutiger Donaukanal) zur Errichtung eines Kastells. Auch in den wechselvollen auf die Römer folgenden Jahrhunderten blieb dieser Ort Siedlungsgebiet. In diesem ältesten Teil der Stadt, am Steilabfall zum Donauarm, entstand wahrscheinlich im 9. Jh. die romanische Ruprechtskirche, die älteste Kirche Wiens. Wien war am Anfang des 12. Jh. s bereits ein hochentwickeltes soziales Gebilde, wurde 1137 erstmals Stadt genannt, war Grenzfestung und Residenz (Babenberger) und erreichte bis zum Beginn des 13. Jh.s die Größe der heutigen Innenstadt. Die den Stadtkern umschließenden Befestigungen (eine mit Türmen verstärkte fast kreisrunde Ringmauer) hatten im Mittelalter schon den Umfang, der in wesentlichen Teilen noch bis 1857 bestand. Sie wurden nach der ersten Türkenbelagerung durch Bastionen verstärkt, waren zur Zeit der zweiten Türkenbelagerung voll ausgebaut und umschlossen die Stadt auch noch weit über die Zeit des Barock. Die deshalb auf engstem Raum nebeneinander sichtbaren historischen Baustile charakterisieren die Innenstadt. Noch heute läßt der Plan Wiens das von diesem Kern ausgehende Wachsen der Stadt erkennen.

Blick über den Franz-Josefs-Kai zur Innenstadt.

Vereinsstiege. An einer Stadtterrasse. Alsergrund.

11 · 12 · 14 · 16 (Seite 22 · **34** · 35, 92 · **28**)
Wiener Interieur: Stiegen, Brunnen.
An Abbrüchen der Stadtterrassen zum Donauarm, Wienfluß oder anderen Gewässern entstanden größere Stiegenanlagen. Als Beispiele: **Strudelhofstiege**, 1910 (Th. Jäger), zwischen Strudelhofgasse und Liechtensteinstraße: **Fillgraderstiege**, 1907, bei der Regulierung des von der Mariahilfer Straße zum Wienfluß abfallenden Windmühlgrundes. Die Wasserversorgung erfolgte bis ins 19. Jh. über Marktbrunnen und private Hausbrunnen. Brunnen dienen heute nur mehr der Gestaltung des Straßenbildes. Als Beispiele: **barocker Wandbrunnen**, 1766, Savoyisches Damenstift: **Karl-Borromäus-Brunnen**, Jugendstil, 1909 (Plecnik).

26 · 30 (Seite 69 · **31**)
Josephinum. Pathologisches Museum.
Das **Josephinum** wurde unter Joseph II. als medizinisch-chirurgische Militärakademie zur Ausbildung von Ärzten für die Armee, 1775 (gemeinsam mit einem Garnisonsspital) in frühklassizistischem Stil erbaut. Fachbibliothek und Sammlung anatomischer Wachspräparate aus der Zeit Josephs II., Instrumentensammlung. Das **Pathologisch-anatomische Bundesmuseum**, im innerhalb des Gebäudekomplexes des Allgemeinen Krankenhauses 1784 erbauten Narrenturm, dokumentiert in seinen Präparaten durch den Fortschritt verschwundene Krankheiten. Es ist die älteste und größte Sammlung dieser Art auf der Welt.

Josephinum. Historische medizinische Bibliothek.

Technisches Museum. Schreibender Automat. 1760.

29 · 32
Technisches Museum. Albertina.
Das **Technische Museum** zeigt die Entwicklung von Technik, Industrie und Gewerbe, Eisenbahn, Post- und Telegraphenwesen. Als Beispiele: Prunkuhr mit Planetarium (1555), Schreibautomat (1760), Dampfmaschine (J. Watt, 1790), die Erfindungen J. Ressels (Schiffsschraube, 1812), J. Madersspergers (Nähmaschine, 1815) und P. Mitterhofers (Schreibmaschine). Das Gebäude entstand 1913. Die **Albertina**, ein 1804 für Herzog Albert v. Sachsen-Teschen klassizistisch umgestaltetes Palais, enthält die von diesem gegründete **Graphische Sammlung Albertina**, die größte Sammlung von Graphiken und Handzeichnungen der Welt.

27 · 33 · 34 · 40 (Seite 100 · **12** · **13**)
Historisches Museum der Stadt Wien.
Das 1887 gegründete Museum zeigt die Geschichte Wiens von der Urzeit bis zur Gegenwart. Nach schon 1903 (Wagner) betriebenen Planungen für ein Stadtmuseum wurde es erst 1959 (am Karlsplatz) errichtet. Zu ihm gehören zahlreiche externe Sammlungen und Gedenkstätten: das Uhrenmuseum (Schulhof), die Modesammlungen (Schloß Hetzendorf), vier Beethoven-Erinnerungsräume, das Haydn-Museum, die Mozart-Erinnerungsräume, das Schubert-Museum, das Schubert-Sterbezimmer, das Pratermuseum und die Ausstellung römischer Baureste unter dem Hohen Markt. Die „Hermesvilla" (Lainzer Tiergarten) dient Ausstellungszwecken.

Ansicht Wiens zur Zeit der Weltausstellung 1873.

Stationsgebäude Karlsplatz, ehemalige Stadtbahn.

Secessionistisches Wohnhaus, Linke Wienzeile.

Volksbildungshaus Urania, Wienflußeinmündung.

Wohnbau der Gemeinde Wien, Karl-Seitz-Hof, 1926.

2–9 · 20 · 39
Öffentliche Großbauten.
Um eine Wiederholung der Ereignisse der Revolution von 1848 zu verhindern, entstanden danach eine Reihe von militärischen Großbauwerken an strategischen Punkten um die damals noch mit Befestigungsanlagen umgebene Stadt. Die letzte historische Bauepoche Wiens (Historismus-Secession-Jugendstil) begann mit der Errichtung von Kasernen: Arsenal (Th. Hansen, L. Förster, E. v. d. Nüll, A. Sicard v. Sicardsburg) und die Ringstraßenkasernen Roßauer Kaserne (1869) und Franz-Josephs-Kaserne (1857, 1898 abgetragen). Sie waren Rohziegelbauten in historisierendem Stil mit festungsartigem Charakter. 1893 wurde von der Stadt Wien ein Wettbewerb für einen Generalregulierungsplan ausgeschrieben. Die Arbeit des Architekten Otto Wagner (Idee der „unbegrenzten Großstadt“ und der „freien Entwicklung für immerwährende Zeiten“) wurde in Teilen angenommen. Er selbst wurde mit der technischen und künstlerischen Gestaltung von Verkehrsbauwerken (Stadtbahntrassen, Stationen und Brückenbauwerke der Stadtbahn) sowie mit der Errichtung des Nußdorfer Wehrs am Beginn und der Kaianlagen im Verlauf des Donaukanals betraut. Die Brücken über die Wien und der Abschluß der Wienflußeinwölbung beim Stadtpark (im Jugendstil, 1906, F. Ohmann und K. Hackhofer), entstanden wie die Urania, 1910 (M. Fabiani), im Zuge oder nach Beendigung der Regulierung (Bau der Stadtbahn) und teilweisen Einwölbung des Flußbetts.

3 · 6 · 7 · 15 · 17–24 (Seite 45 · 29 · 30)
Die Architektur Otto Wagners.
Otto Wagners Bauwerke und die seiner Schüler sind wesentliche Elemente des Wiener Stadtbildes. Sie machen einen Übergang vom Fin de Siècle über Secession und Jugendstil zu einem eigenständigen „Otto Wagner-Stil“ sichtbar. Zu den frühen Werken gehören das Wohnhaus am Schottenring (1877) oder die erste Wagnervilla (1888). Wagners Maxime, der Architekt von Nutzbauten habe sich künstlerisch dem Bautechniker unterzuordnen (Wagners preisgekröntes Wettbewerbsprojekt für eine umfassende Stadtplanung), wird in seinen Werken anschaulich: Stationsbauten für die Stadtbahn (1894–1900), Kaianlagen am Donaukanal (1898–1908) und Schützenhaus für die Staustufe Kaiserbad (1907), secessionistische Wohnhäuser in der Linken Wienzeile („Majolikahaus“, mit von Wagner auf eigene Kosten ausgeführter polychromer, witterungsunempfindlicher Plattenverkleidung), Postsparkassenamt (1904–1912, herkömmliche Baustoffe wurden durch Aluminium ersetzt, Metallköpfe an den Befestigungen der Fassadenplatten aus Granit und Marmor), Anstaltskirche Am Steinhof (1904–1907). Auch bei der Kirche erfüllte er seine Forderung nach „größter Solidität“ – Außenhaut aus mit Metallbolzen sichtbar befestigten Marmorplatten, die Schönheit des Materials sollte für sich wirken. Wenn auch viele seiner Entwürfe unausgeführt blieben, hat die Architekturauffassung Otto Wagners die baulichen Gestaltungen in Wien nachhaltig beeinflußt.

8 · 10–14 · 16 · 28 · 29
Architekten der Jahrhundertwende.
Durch seine Lehrtätigkeit an der Akademie bildete Otto Wagner Architekten aus, die später wohl mit eigenem Gestaltungswillen und Stil, aber in seinem Sinn in Wien gearbeitet haben. Als Beispiele: Secession, Kunstausstellungsgebäude von J. Olbrich, 1898; Zacherlhaus, Wohn- und Geschäftshaus von J. Plecnik, 1905; Haus Portois & Fix, Wohn- und Geschäftshaus, 1897, und Volksbildungshaus Urania, 1910, von M. Fabiani. Neue Akzente schuf A. Loos mit der Kärntner Bar (1907) und dem Wohn- und Geschäftshaus „Looshaus“, 1911. Im Jugendstil entstanden auch der Mozart-Brunnen (K. Wollek, 1905) und die Ankeruhr (F. Matsch, 1913).

3 · 8 · 26 (Seite 62 · 3)
Industrie- und Profanbauten.
Mit den im 19. Jh. rasch wachsenden Industrien war der Einsatz neuer Baustoffe wie Eisen, Stahl und Beton verbunden. Beim Bau der **Österreichisch-Ungarischen Bank** (Palais Ferstel), 1860 durch H. v. Ferstel fertiggestellt, wurden erstmals gewalzte Eisenträger verwendet. Die **Hohe Brücke**, 1903 von J. Hackhofer erbaut, stellt eine bemerkenswerte Gesamtlösung für Brücke, Abgänge, Geländer und Beleuchtung in den Materialien Metall und Marmor dar. Die in Größe und Form markanteste Wiener Industriearchitektur sind die Ziegelrohbauten der Gasbehälter des städtischen Gaswerks in Simmering von F. Kapaun, 1896–99 erbaut.

30 · 32 · 33–37
Kommunale Wohn- und Nutzbauten.
Wien verwirklichte nach dem Ersten Weltkrieg die damals revolutionierende Idee des sozialen Wohnbaues. Die finanzielle Basis schuf die 1923 eingeführte Wohnbausteuer. Bis 1934 entstanden fast 64.000 Wohnungen. Als Beispiele: Wohnhausanlage **Hanuschhof**, 434 Wohnungen, 1925; Wohnhausanlage **Davidhof**, 251 Wohnungen, begrünter Innenhof, 1927; **Vogelweidhof**, 127 Wohnungen, Fresken und Zierbrunnen, 1926. Unter vielen anderen sozialen Bauten entstand auch das 1926 eröffnete Volks- und Schwimmbad der Gemeinde Wien, **Amalienbad**. Es wurde für die Entwicklung des europäischen Bäderbaues richtungsweisend.

30 · 37 · 41
Karl-Marx-Hof.
Beispielhaft für die nach dem Ersten Weltkrieg errichteten Wohnbauten der Gemeinde Wien. Der Karl-Marx-Hof wurde 1927–1930 (Architekt K. Ehn) mit rund 1.400 Wohnungen erbaut, die Hauptfront ist fast 1.200 Meter lang. Anlage im Konzept einer Gartenstadt mit nur drei Stockwerke hohen Baukörpern um große begrünte Innenhöfe. Wohnungen mit Loggia zum Hof. Integrierte Gemeinschaftseinrichtungen: zwei Zentralwäschereien, zwei Bäder, Mutterberatungsstelle, zwei Kindergärten, Jugendheim, Krankenkassenambulatorium, Zahnklinik, Apotheke, Bücherei und Einrichtungsberatungsstelle. Im Bürgerkrieg des Februar 1934 umkämpft.

Abschluß der Wienflußeinwölbung beim Stadtpark.

Postsparkasse. Dachfigur aus Aluminium.

Gaswerk Simmering. Ummauerung der Gasbehälter.

Karl-Marx-Hof. Baumbestand in einem Innenhof.

Vorortdetail, Wallfahrtsstatue, Jedlesee.

2 · 5 · 16 · 33 · 35
Wiener Vororte.
Vororte sind Gemeinden im heutigen Stadtbereich Wiens, die außerhalb der durch den 1704 errichteten Linienwall (ab 1829 Verzehrungssteuergrenze) gebildeten Grenze lagen (1890 eingemeindet). In den Vororten waren die Lebenshaltungskosten gegenüber den Vorstädten innerhalb des Linienwalles wesentlich niedriger. Viele wurden daher Wohngebiete der Arbeiter. Die Bausubstanz dieser Bereiche wurde von spekulativem Wohnbau („Bassena-Häuser“, z. B. Ottakring) dominiert. Einige Vororte waren und blieben Sommerfrischen und haben ihren dörflichen Charakter zum Teil erhalten (Grinzing, Sievering, Stammersdorf).

5 · 6 · 7 · 25 · 28
Beisel. Heuriger. Weinbau.
Im Wiener Stadtbereich bestehen 640 Hektar Weingärten. Der hier geerntete Wein ist als **Heuriger** (Wein der letzten Ernte) ein Begriff. Ebenso sind die **Heurigen**, durch vor den Häusern ausgehängte „Buschen“ oder Kränze bezeichnete Lokale, in welchen der Wein ausgeschenkt wird, Wiener Lokalkolorit. Weinbaugebiete: Strebers- und Stammersdorf, Nußdorf, Grinzing, Sievering. Das **Beisl** ist in Wien mehr als die volkstümliche Bezeichnung für ein kleines Gasthaus. Früher oft auch an Straßenecken in den Arbeiterbezirken und besonders preiswert. Heute Bestandteil einer wiederbelebten, auf bodenständige Gastronomie bedachten Stadtkultur.

Vorstadthaus, Heurigenschank, Stammersdorf.

Marktplatz an der Hollandstraße, Leopoldstadt.

10 · 14 · 17 · 18 · 20 (Seite 44 · 26, 69 · 29)
Märkte. Wiener Handwerk.
Die Wiener **Märkte** dienen, oft an traditionsreichen Plätzen, hauptsächlich der Nahversorgung mit Obst und Gemüse und vermitteln einen guten Einblick in das „Wiener Milieu“. Neben dem über der Einwölbung des Wienflusses errichteten Naschmarkt mit festen Verkaufsständen (mobil: Bauernmarkt, Flohmarkt) bestehen zahlreiche auf Plätzen und in Straßenzügen regelmäßig abgehaltene mobile Märkte. **Christkindlmärkte** werden in der Vorweihnachtszeit vor dem Rathaus und auf der Freyung aufgebaut. Einige spezielle **Gewerbebetriebe** haben ihre Tradition erhalten, ihre Erzeugnisse repräsentieren ein heute begehrtes Wien vergangener Tage.

8 · 19 (Seite 71 · 37, 77 · 18)
Wiener Festlichkeiten.
Die Identifikation der Wiener Bevölkerung mit ihrer Stadt als Lebensraum hat in den letzten Jahren einer Reihe von Veranstaltungen und Festen zu großem Erfolg verholfen und zur Tradition werden lassen. Als Beispiele: Wiener Ferienspiel; Wiener Stadtfest, große Teile der Innenstadt werden zum Schauplatz verschiedenster Darbietungen; Donauinselfest, dreitägige Konzert- und Veranstaltungsreihe auf der Donauinsel; Faschingsumzug der Wiener Wirtschaft (originelle Inszenierungen), Ringstraße. Die Lokalisierung in kleinen, überschaubaren Bereichen der Stadt (Grätzl) hat den Typus der „Grätzlfeste“ rasch beliebt gemacht.

„Musikalischer Sommer“, Haydn-Haus, Mariahilf.

Weingärten und Wienerwald beim Kahlenberg.

3 · 4 · 22 · 26 · 30 · 31 · 34 · 37 · 39 · 40
Wienerwald. Prater.
Die westlichen Bezirke Wiens werden vom **Wienerwald** begrenzt. Seine ausgedehnten Waldgebiete (1870 vor der Abholzung bewahrt) sind für die Stadt als Luftreservoir und Erholungsraum von größter Bedeutung, wesentlicher Teil des ab 1905 mit Bauverbot geschützten Wald- und Wiesen-Gürtels. Höhenstraße (1934) zwischen Leopoldsberg und Hütteldorf. Der **Prater**, kaiserliches Jagdgebiet, heute noch Augebiet, wurde 1766 (Joseph II.) zugänglich. „Hauptallee“, 4,5 km lang, Stadion, Stadionbad, Rennplätze Freudenau und Krieau, Messegelände. Der **Volksprater**, das Vergnügungsviertel, entstand nach 1766 (Riesenrad, 1897).

23 · 27 · 41
Alte Donau. Obere Lobau.
Die **Alte Donau**, ehemaliger Hauptarm des Stromes, durch die Regulierung von 1875 von diesem getrennt. Strandbäder, Bootsverleihe und Wildbadeplätze. Im Bereich zwischen der Alten Donau und dem Strom wurden der Donauturm (252 m hoch, WIG 1964), die UNO-City (1979) und das internat. Konferenzzentrum (1987) erbaut. Nach aufgegebenen Planungen für eine Weltausstellung soll hier ein Wohn- und Geschäftszentrum entstehen. Die **Obere Lobau**, eine nach der Donauregulierung links des Stromes erhaltene Aulandschaft (ehem. 22 km^2 großes kaiserl. Jagdgebiet), ist seit 1918 Besitz Wiens, Naturschutz- und Erholungsgebiet.

Obere Alte Donau, Segelschule und Bootsverleih.

Neue Donau und Donauinsel bei der Reichsbrücke.

21 · 32 · 36
Donau. Donauinsel. Neue Donau.
In der Zeit der Babenberger verlief der befahrbare Flußlauf der Donau knapp an der heutigen Innenstadt, in den folgenden Jahrhunderten aber immer weiter von dieser entfernt. Ein schiffbarer, bis an die damalige Stadtmauer reichender Donauarm (Donaukanal) konnte erst 1598 wieder hergestellt und benützt werden. Das breite und verästelte Flußbett der Donau im Wiener Bereich brachte wiederholt verheerende Überschwemmungen der tiefgelegenen Vorstädte und Vororte, so 1501, 1787, 1830 und 1862. Letztere führten 1870–75 zur ersten Donauregulierung und zur Schaffung eines neuen Flußbetts zwischen Nußdorf und Albern. Große Augebiete wurden trockengelegt und Bauland. Die Überflutungen in den Jahren 1897, 1899 und zuletzt 1959 trafen bereits dicht verbaute Stadtteile. Sie führten zu einem neuen Projekt für den Hochwasserschutz und zur 1972 begonnenen zweiten Donauregulierung. Im „Überschwemmungsgebiet“ der Regulierung von 1875 wurde ein zweites Donaubett (Entlastungsgerinne, Neue Donau) gegraben. Zwischen diesem und dem Strom wurde eine etwa 300–400 m breite, rund 20 km lange Insel aufgeschüttet. Die an und auf der Insel entstandenen Einrichtungen für Bad, Sport und Freizeit haben sie zu einem riesigen Stadterholungsgebiet gemacht. Mit der Errichtung des im Wiener Stadtbereich geplanten Donaukraftwerks Freudenau werden innerhalb seiner Staustufe die Donauufer Wiens neu gestaltet.

Die Neue Donau, der Donauturm und die UNO-City.

Ergänzende Hinweise.

Schutzumschlag
Vorderseite: Blick vom Stock-im-Eisen-Platz über den Graben und die Pestsäule zum Kohlmarkt.
Rückseite: Blick vom Kohlmarkt über den Graben und die Pestsäule zum Stock-im-Eisen-Platz.

Vor- und Nachsatz
Graphische Bearbeitung des Motivs der Vorderseite des Schutzumschlages.

Haupttitel
Blick vom Graben über den Kohlmarkt zur Michaelerkuppel der Hofburg.
Allee im Schönbrunner Schloßpark.

Zwischentitel

Seite 5
Doppelseite des von der Stadt Wien 1512 für Maximilian I. angefertigten Exemplares des „Privilegium majus“ (1358/59).
Seite 13
Griechengasse, vor der Einmündung in den Fleischmarkt.
Seite 25
Neue Burg, Mittelrisalit. Denkmäler Erzherzog Carls (Vordergrund) und Prinz Eugens.
Seite 37
Capistran-Kanzel. Stephansdom, Nordfassade des Chores.
Seite 49
„Apotheose des Prinzen Eugen“. Marmorplastik, Spiegelsaal, Unteres Belvedere.
Seite 61
Nationalbibliothek, Kuppelraum. Marmorstandbild Kaiser Karls VI.
Seite 73
Hermesvilla. Turnzimmer Kaiserin Elisabeths.
Seite 85
Schützenhaus (des ehemaligen Kaiserbades) am Donaukanal. Geländerelement am Franz-Josefs-Kai (beides Architekt Otto Wagner).
Seite 97
Vorstadtdetail. Heiligenstädter Pfarrplatz.
Seite 109
Denkmal Erzherzog Albrechts. Augustinerbastei.

Die in diesem Werk genannten statistischen Daten stammen aus dem Handbuch der Stadt Wien, Ausgabe 1992, und vom Österreichischen Statistischen Zentralamt. Sie sind nach den Ende des Jahres 1992 gültigen und aktuellen Grundlagen erstellt.

In gleicher Ausstattung sind erschienen:

im Jugend & Volk Verlag

Ernst Hausner
Wien
308 Seiten, 865 Farbbilder, 1988.

Ernst Hausner
Österreich
252 Seiten, 842 Farbbilder, 1986.

Ernst Hausner
Niederösterreich
206 Seiten, 743 Farbbilder, 1989.

und in der Edition Hausner

Ernst Hausner
Burgenland
172 Seiten, 536 Farbbilder, 1990.

Ernst Hausner
Steiermark
212 Seiten, 880 Farbbilder, 1992.

Bildquellenverzeichnis.
Angeführt sind Bilder, die nicht vom Autor des Werks stammen.

Illustrationen zum historischen Teil

Bildarchiv der Österr. Nationalbibliothek
Seite 10: vierte Spalte, unten.

Oliver Hausner
Seite 7: vierte Spalte, oben.
Seite 11: dritte Spalte, unten.

Historisches Museum der Stadt Wien
Seite 9: dritte Spalte, unten.

Pressebild Votava
Seite 11: erste Spalte, unten; zweite Spalte, oben.

Reproduktionen aus Ernst Hausner „Wien“
Seite 7: erste Spalte, unten.
Seite 10: erste Spalte, unten; zweite Spalte oben und unten; dritte Spalte, unten.

Bilder des Bildteiles

Oliver Hausner
Seite 13, Seite 14 · 4, Seite 16 · 13, Seite 17 · 18, Seite 21 · 32, Seite 34 · 33, Seite 48 · 40, Seite 56 · 24 · 25, Seite 93 · 30 · 31, Seite 99 · 9, Seite 100 · 16, Seite 104 · 24, Seite 106 · 34, Seite 107, Seite 108 · 40.

Illustrationen zum Erläuterungsteil

Oliver Hausner
Seite 111: zweite Spalte, unten.
Seite 112: zweite Spalte, oben.
Seite 114: erste Spalte, unten; dritte Spalte, unten.
Seite 115: vierte Spalte, unten.
Seite 119: erste Spalte, unten; dritte Spalte oben und unten; vierte Spalte, oben.

Literaturverzeichnis.

Czeike Felix
Das große Groner Wien Lexikon
Verlag Fritz Molden, Wien-München-Zürich 1974.

Hausner Ernst
Wien. Das Buch zum Kennenlernen und Erinnern
Jugend und Volk Verlag, Wien 1984.

Hausner Ernst
Wien
Jugend und Volk Verlag, Wien 1988.

Kleindel Walter
Österreich. Daten zur Geschichte und Kultur
Sonderausgabe, Wien 1985.

Schmidt Erwin
Die Geschichte der Stadt Wien
Jugend und Volk Verlag, Wien-München 1978.

Schmidt Justus und Tietze Hans
Dehio-Handbuch
Die Kunstdenkmäler Österreichs. Wien
Verlag Anton Schroll & Co, Wien 1973.

Unvergängliches Wien
Europaverlag und Forum Verlag, Wien 1964.

Zöllner Erich
Geschichte Österreichs. Von den Anfängen bis zur Gegenwart
Verlag für Geschichte und Politik, Wien 1984.

Verschiedene andere spezielle Publikationen und Kataloge, Führer und kleinere Informationsschriften.

Dank und Anerkennung schulde ich allen Personen und Institutionen, die meine Arbeit durch Interesse und Hilfe ermöglicht, erleichtert oder begünstigt haben.

BERLITZ
BETTINA
BIERKLINIK
HABAN
EDUSCHO